一笑

古龍

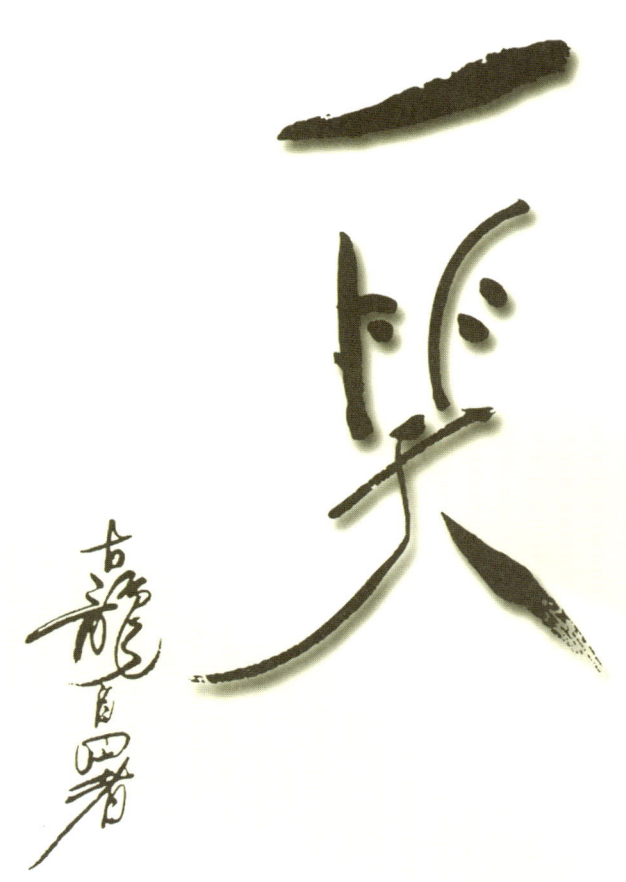

國際學術研討會

古龍武俠小說 領先時代半世紀

【記者賴素鈴／報導】江湖代有才人出，這廂古龍凋零二十載，那廂今朝懸賞百萬獎新秀，浪淘不盡，唯有武俠熱愛，不隨時間變易，在學術研討會上更見分明。以「一代鬼才：古龍與武俠小說」爲主題，淡江大學第九屆文學與美學國際學術研討會昨起在國家圖書館，展開爲期兩天的議程，紀念武俠小說家古龍逝世二十周年，新生代學者與古龍故舊齊聚一堂，以文論劍話武俠。

日前與淡大中文系教授林保淳共同發表《台灣武俠小說發展史》，武俠小說評論家葉洪生昨天在專題演講中，直批胡適1959年底發表「武俠小說下流論」是「胡說」，學界泰斗的不當發言以及隨即展開的「暴雨專案」，反而促成1960年起台灣武俠新秀的繁興，「武俠小說迷人的地方，恰恰在門道之上。」，葉洪生認定，武俠小說審美四原則在文筆、意構、雜學、原創性，他強調：「武俠小說，是一種『上流美』。」

集多年心血完成《台灣武俠小說發展史》，葉洪生認爲他已爲從十歲起迷上武俠小說的半世紀畫上完美句點，並且宣布他「以後決心退出武俠論壇，封劍退隱江湖」。

雖然葉洪生回顧武俠小說名家此起彼落，套太史公名言「固一世之雄也，而今安在哉？」，認爲這是值得深思的嚴肅課題，昨天意外現身研討會而備受矚目的溫世禮，則爲了紀念同是武俠迷的哥哥溫世仁，推出第一屆「溫世仁武俠小說百萬大賞」，即日起至今年10月3日截止收件，經兩階段評選後於明年12月7日公布首獎得主，預料將會是一場武林新秀的龍虎爭霸戰。

看明日誰領風騷？風雲時代出版社發行人陳曉林眼中的古龍，其實領先他的時代半世紀，以致如今雖然古龍逝世20年，陳曉林認爲大家對古龍的了解仍然有限，預言未來世代更能和古龍的後設風格共鳴。

昨天這場研討會，也凸顯武俠小說作爲一項文學研究門類，仍有待開發學習空間。多位與會者都指出，武俠小說的發表、出版方式和管道具考證難度，學術理論與論文格式的建立待加強。而武俠名家的版權之爭、市場競爭力，也增加出版推廣困難，古龍武俠小說的版權糾紛、司馬翎作品的版權官司也成爲研討會的場外話題。

與

武俠小說

第九屆文學與美
一代鬼
古龍

古龍兄為人慷慨豪邁、跌蕩自如，變化多端，文如其人，且複多奇氣，惜英年早逝。余與古兄當年交好，且喜讀其書，今既不見其人，又無新作可讀，深自嘆惜。

金庸

一九九六、十、十一、香港

絕不低頭（全）

古龍精品集74

絕不低頭（全）

目錄

【導讀推薦】

絕不低頭：古龍別開生面的神來之筆

著名文化評論家、聯合報主筆
陳曉林

《絕不低頭》是古龍的創作生涯進入成熟期之後，所推出的一部非常特殊的作品，它的特殊之處至少有三：首先，它是古龍刻意以民國初年上海黑社會的龍爭虎鬥爲背景的「時代小說」，形式上與他業已風靡廣大讀者的武俠小說迥然有別，雖然精神上、氣韻上仍一脈相承。其次，它基本上一部是以女主角的心理活動與具體行徑來呈現俠義理念的作品，諸男角們那些獷悍而神奇的表現反而顯得只是陪襯，這在古龍小說中也是獨一無二的實驗。其三，以「蒙太奇」式快速的、跳躍的敘事節奏，來鋪陳愛恨生死一線的情節張力，在本書中展演得格外嫻熟。

龍蛇雜處的大上海

令人不得不嘆爲觀止的是：古龍在武俠小說創作上雖一向慣於抽離實際的時空背景，而以古典、浪漫、寫意的筆觸來書寫那個象徵性的江湖世界；但如今改以十里洋場的上海灘爲背景，他居然能以極細膩而寫實的手法，藉由一連串的場景跳接，在短短的篇幅內即把外表堆金砌玉，內裡藏污納垢的舊上海刻畫得栩栩如生，連法租界的氣勢、霞飛路的氣味、百樂門的氣派，都躍然紙上，使讀者如臨其境，如聞其聲。這正是古龍作品的迷人之處，《絕不低頭》堪爲有力的例證。

開始時，女主角趙波波是以鄉下姑娘跋涉數百里到上海尋父的姿態登場，於是，藉由她的視角與觀感，古龍對大上海的情景作了對比式的掃描。而當波波正迷眩於豪華車呼嘯而過、霓虹燈不斷閃爍的大都會風情時，她卻迅即看到了碼頭區幫會械鬥、血肉橫飛的酷烈場景。然後即是她與兒時伙伴「傻小子」的重逢，但此時的「傻小子」早已不復是淳樸憨實的鄉野少年，而變身爲剽悍深沈的幫派殺手「黑豹」。隨著重逢後男女相悅的自然發展，青梅竹馬的稚戀演變爲情慾合一的燃燒，也是意料中事。

「黑豹」成爲黑道大幫會的得力打手，受到幫會大亨「金二爺」的器重，波波並不感到奇怪，因爲她和「傻小子」及另一男孩「小法官」羅烈三人從小一起長大，她知道這兩個出身貧寒、苦練武術的少年終會在人海中脫穎而出；而她也知道，既然要出人頭地，就必須付出代價。黑豹浴血打拚，打出了自己的一片天，那個一向規行矩步、守正不阿的「小法官」離鄉後又如何？此時的波波，既然已決心與黑豹立足在上海灘，面對逼人而來的江湖風暴，自也準備付出她的代價。

爾虞我詐的大背叛

黑豹所屬的大幫會「老八股」受到新崛起神秘勢力「喜鵲」的強力挑戰，大幫會碩果僅存的首腦金二爺、張二爺、田八爺敵愾同仇，黑豹身為金二爺最倚賴的親信，際此危急存亡之秋，當然面臨生死關頭，必須既鬥智，又鬥力，以求保住金二爺的基業。但古龍果然擅寫波譎雲詭的「逆轉」，場景稍一跳躍，情節立即丕變：原來金二爺暗中聯合田八爺，藉由「喜鵲」來逼戰的壓力施計調虎離山，瞬息間置張三爺於死地，併吞了後者的地盤與金脈。接著，金二爺又指令在此役立了重大戰功的黑豹再利用「喜鵲」的名義反戈一擊，扳倒田八爺。江湖風波的兇險與詭詐，於此表露無遺！

金二爺霸業在望，詎料轉瞬間整個情勢又逆轉，「螳螂捕蟬，黃雀在後」，黑豹在對付田八之後立即反撲，金二爺瞠目結舌之餘，頓時成為階下囚。此時主掌整個局面的黑豹命手下帶波波進場。切莫以為黑豹是因大局已定，要讓波波同享勝利滋味；原來，黑豹早已佈局要摧毀金二爺，「喜鵲」即是他的化身，而他對金二爺的最殘酷一擊，正是讓波波當場認出金二爺乃是她的父親，卻全然無可奈何！滿心喜悅的波波來到上海才僅二天，便遭受如此怵目驚心的人間慘劇。

但黑豹對金二的背逆和羞辱，卻也並非只是爾虞我詐、爭奪江湖霸業的行徑而已，原來黑豹在嶄露頭角後曾有未婚妻沈雪春，卻被金二因覬覦美色而奪愛，沈春雪一方面愛慕虛榮，另方面也是為了保護黑豹，被迫長期侍奉金二；故黑豹向金二奪權，誘波波入彀，自是有計畫的報復。然而，古龍一直認爲高明的小說應反映人性的複雜度和深度，黑豹自小和波波青梅竹馬，如今他滿懷怨毒，爲了報復而折磨、摧殘波波，但心底深處，難道沒有一絲真正的愛意？

人生境遇的大對比

波波對熱愛陽光，熱愛生命，雖遭遇到最殘酷的背叛，處身在最絕望的困境，但她仍肯對命運低頭，因爲，她相信倘若久已失去音訊的羅烈得知她的現況，一定不會忌憚黑豹的權勢，而會趕來營救。古龍趁羅烈尚未現身的空檔，閒閒落筆，抒寫金粉繁華的大上海，在暗巷中卻充斥著衣不蔽體、面黃肌瘦的卑微庶民，他們被生活的壓力驅迫著，男人去做打手，落得殘體斷肢，女人去做娼妓，淪爲溝邊餓殍，這些受欺侮、後傷害的人們，唯有靠著一些虛罔的希望才能活下去；對比於珠光寶氣的官場或勢焰薰天的黑道，到底何者才是大都會的真相？

古龍不斷讓波波回憶兒時，回憶鄉間的青山綠水，回憶人與人真誠相處的情景，顯然是爲了與大都會中那種冷漠、殘酷、虛僞的情狀和氛圍作出對比，以凸顯人世的不同層次。先前羅烈的德國友人，也是著名的神槍手高登被黑豹逼迫自戕，已爲羅烈的登場作過足夠的鋪墊；果然，在黑豹擊倒金二後忙於接收地盤而建立自己的江湖霸業之際，經由暗巷中一些不受矚目的小人物所提供的訊息，來到上海的羅烈已盯上了他；而黑豹基礎未穩，幫內有力人物暗中窺視，企圖奪權，自也是意料中事。這是又一回合「螳螂捕蟬，黃雀在後」的態勢，先前金二、張三、田八那種爾虞我詐的權力鬥爭，莫非又要重演？

人性深度的大逆轉

其後的情節，再度顯示了古龍對人性深度的探索確有獨到之處。他一方面敘述羅烈佈局暗算黑豹得逞，且讓波波於最緊要的關鍵時刻在場，儼然實現了她要親眼看到黑豹遭報應的希望；而羅烈以高明但不光明的手段勝出，準備接收黑豹的地盤和勢力，也不啻刻畫了另一個反諷式的江湖權鬥與「暴力循環」。但更重要的是，愛恨生死的一瞬間，古龍寫到羅烈在搏鬥中落於下風，黑豹正要踢出致命一腳時，卻因波波驚呼「你不能教殺他」而臨時止住，以致反遭羅烈驟下殺手，受到致命重創，已無力起身。然而，當黑豹的手下正以巨斧取其性命時，波波竟猝然撲在黑豹身上意欲救他，終於兩人雙雙殞命。

黑豹以殘忍手段鬥倒波波之父金二爺，在波波面前冷酷地踐踏她心目中的偶像，甚至他與波波發展出那種介乎情與慾之間的關係，也有相當成份是出於策略性、工具性的算計；而此時的羅烈，則是波波脫困和報復的唯一希望，然則，羅烈眼看已全盤取勝，波波竟寧可殉身黑豹之死，而放棄與從小亦是青梅竹馬心心相繫的羅烈共享勝利之榮耀。或許，這正是人性的複雜和弔詭之處。古龍對這些情節突變的鋪陳和扭轉，堪稱筆力萬鈞，顯示此時在創作上確已臻於宗師的境界。

古龍引領了「上海灘」

垂死的黑豹緊抱著波波，波波忽然輕輕呻吟了一聲，說出了最後一句話：「扶我的頭起來，我不要垂著頭死！」黑豹扶起了她的頭，讓她面向著陽光。古龍動情地寫：「陽光如此燦爛，大地如此輝煌，可是他們……」。這樣的情節，令人油然聯想到海明威那始終緊扣的主題：「人可以被毀滅，但不可被打敗」。值得玩味的是，在《絕不低頭》中，這個古龍素來很認同和嚮往的「海明威主題」，不是由強項如黑豹者所體現，反而是由美麗的陽光少女波波以她令人動容的情懷與意志，具體展示出來的。

除了《絕不低頭》之外，古龍稍早時還曾寫過另一部以大上海黑幫故事為內容的時代小說《黑雁》，也以明快的節奏、酷悍的對決、驚人的逆轉等為其特色，只不過《黑雁》是諸多中篇小說的組合，不像《絕不低頭》這般一氣呵成而已。而明眼人應能看出，後來風靡兩岸三地的港劇「上海灘」，許多設定、情節和橋段，其實即是借鏡於古龍的《絕不低頭》，劇中周潤發所飾演的許文強與趙雅姿所飾演的馮程程愛恨生死糾纏，緣與其父黑幫首腦馮敬堯與許文強的恩恩怨怨，這與書中黑豹和波波的情仇糾纏何其酷似？然則，即使暫擱武俠創作，隨興另寫現代黑社會小說，信筆揮灑間，卻也儼然成為別開生面且引領港劇經典的指標之作，古龍實也足堪自豪了！

一 大都市

一

汽車來了。

「波波」。

「波波」也是個女孩子的名字。

沒有人知道她為什麼要替自己取這名字，也許是因為她喜歡這兩個字的聲音，也許因為她這個人本來就像是輛汽車。

有時甚至像是輛沒有刹掣的汽車。

汽車從她旁邊很快的駛過去，「波波」。

她笑了，她覺得又開心，又有趣。

這城市裡的汽車真不少，每輛汽車好像都在叫她的名字，向她表示歡迎。

她今年已十九，在今天晚上之前，她只看見過一輛汽車。

那時她剛從一面山坡上滾下來，「波波」，一輛汽車剛巧經過這條山路，若不是她閃避得快，幾乎就被撞上了。

她還聽見一個繫著黃絲巾的女孩在罵：

「這個野丫頭，大概還不知道汽車會撞死人的。」

波波非但沒有生氣，反而覺得很愉快、很興奮，因爲她總算看見一輛真的汽車了。

她看著那條在風中飛揚著的黃絲巾，心裡恨不得自己就是那個女孩子。

她發誓，自己遲早總有一天也要坐在汽車上，像那個女孩子一樣。

只不過假如有人險些被她撞到的時候，她非但絕不會罵這個人，而且，一定會下車把這個人扶起來。

所以她來到了這個城市。

她早已聽說這是全中國最大的城市，汽車最多，坐汽車的機會當然也比較多。

但這還並不是她偷偷從家鄉溜出來的最大原因。

最大的原因是，她一定要找到她的父親。

在他們的家鄉裡，趙大爺早已是位充滿了傳奇性的名人。

有人說他在關外當了紅鬍子的大當家，有人說他在這大城裡做了大老闆，甚至還有人說他跟外國人在做販毒的生意。

無論怎麼說，趙大爺發了大財，這絕對是沒有人會否認的。

所以趙大奶奶除了每年接到一張數目不小的匯票外，簡直就看不見她丈夫的影子。

波波這一生中，總共也只見到過她父親四五次。

但她還記得她父親總穿著馬褂，叼著雪茄，留著兩撇小鬍子，是個相貌堂堂，很有威儀的人。

她相信她父親無論在什麼地方，都一定是個了不起的大人物。

大人物總是很容易找得到的。

所以她來了。

二

霓虹燈還亮著。

霓虹燈的光，爲什麼會閃得如此美麗，如此令人迷惑？

波波也覺得有趣極了。

她心裡在想：「這次我來了，無論遇著什麼事，我都絕不會後悔的！」

她這句話說得真是太早些！

三

忽然間，天地間只剩下群星在閃爍。

汽車呢？霓虹燈呢？

波波忽然發現自己來到了一個更新奇，更陌生的地方。

她已面對揚子江，就像大海那麼浩瀚壯麗的揚子江。

她第一次看到了船，大大小小、各式各樣的船。

船停泊在碼頭外，在深夜裡，碼頭永遠是陰森而黝暗的。

碼頭上堆著大大小小、各式各樣的麻包和木箱。巨大的鐵鉤，懸掛在天空中，幾乎就像月亮那麼亮。

明月也如鉤。

「麻袋裡裝的是什麼？可不可以弄破個洞看看？」

世界上有種人，是想到什麼，立刻就會去做什麼的，誰也沒法子阻攔她，連她自己都沒法子。

波波就是這種人。

她剛想找件東西把麻袋弄破一個角的時候，她聽到了一種奇怪的聲音。

以前她從來也沒有聽見過這種聲音。

那就像是馬蹄踏在泥漿上，又像是屠夫在砧板上斬肉。

聲音是從右面一排木箱後傳來的。

她趕過去看，就看到了一件她這輩子連做夢都沒有想到過的事。

木箱後有二三十個人，都穿著對襟短褂、紮腳長褲，有的手裡拿著斧頭，有的手裡拿著短刀，還有的手裡拿著又粗又長的電筒。

那種奇怪的聲音，就是刀刺入肉裡，斧頭砍在骨頭上，電筒敲上頭顱時發出來的。

這群人已絕不是人，是野獸，甚至比野獸更兇暴、更殘忍。

就算是刀刺入肉裡，就算是斧頭砍在骨頭上，也沒有一個人發出聲音。

要倒下去，就倒下去，還可以拚命，就繼續再拚命。

他們真的是人？

人對人爲什麼要如此殘酷？

波波想不通，她已經完全嚇呆了。

可是她不忍再看下去，她忽然衝出去，用盡平生力量大吼！

「你們這些王八蛋全給我住手！」

忽然間，高舉起的斧頭停頓，剛刺出的刀縮回，電筒的光卻亮了起來。

七八隻大電筒的光，全都照射在波波的身上。

波波被照得連眼睛都張不開了，但胸膛卻還是挺著的。

有幾隻電筒的光，就故意照在她挺起的胸膛上。

她也看不出別人臉上是什麼表情，用一隻手擋在眼睛上，還是用那種比梅蘭芳唱生死恨還尖亮的嗓子，大聲道：「這麼晚了，你們爲什麼還不回家睡覺？還在這裡拚什麼命？」

拿著斧頭的，被砍了一斧頭的，拿著刀的，挨了幾刀的，臉上已被打得鼻青臉腫的，全都怔住了。

假如這世界真是個人吃人的世界，他們就正是專吃人的。

他們流血、拚命、動刀子，非但吭都不吭一聲，甚至連眉頭都不會皺一皺。

但現在他們已皺起了眉。

一個臉上長滿青滲滲鬍渣的大漢，手裡緊握著他的斧頭，厲聲問：「朋友是哪條路上的，憑什麼來蹚這趟渾水！」

波波笑了。

在這種時候，她居然笑了。

「我不是你們的朋友，在這裡我連一個朋友都沒有，也沒有掉下水，只不過剛巧路過而已，你們難道連這點都看不出來？」

別人實在看不出來。

這丫頭長得的確不難看，假如在平常時候，他們每個人都很有興趣。

但現在並不是平常時候，現在是拚命的時候，爲了十萬現大洋的「貨」在拚命。

十萬以下的貨，「喜鵲」是絕不會動手的！

若在十萬以上，就算明知接下這批貨的是「老八股」，還是一樣要拚命。

「喜鵲」能夠竄起來，只因爲他們拚命的時候，就是真拚命！

所以他們拚命的時候，就算有人膽子上真的生了毛，也絕不敢來管他們的閒事。

「老八股」的意思，並不是說他們有些老骨董，而是說他們的資格老。

事實上，「老八股黨」正是這城市陰暗的一面中，最可怕的一股勢力。

他們的天下，是八個人闖出來的。

八個人漸漸擴張到八十個，八百個……

現在闖天下的八位老英雄已只剩下三位，雖然都在半退休的狀況，但這城市大部份不太合法的事業，還是掌握在他們的手裡。

他們有八位得意的弟子，叫「大八股」，那臉上長滿了青滲滲的鬍渣子的大漢，「青鬍子」老六正是其中之一。

他的人就像他的斧頭一樣，鋒利、殘酷，專門喜歡砍在別人的關節上。

現在他顯然很想一斧頭就砍斷這小丫頭的關節。

「你真是路過的？」

波波在點頭。

「從哪裡來？往哪裡去？」

「從來的地方來，往去的地方去！」波波昂起了頭，好像覺得自己這句話說得很高明。

青鬍子老六冷笑：「這麼樣說來，你也是在江湖上走過兩天的人。」

「何止走過兩天！」波波的頭昂得更高：「就算是千山萬水，我也一個人走了過來。」

她並沒有吹牛。

從她的家鄉到這裡，的確要走上好幾天的路，在她看來，那的確已經是千山萬水了。

青鬍子的臉色也變得嚴肅了起來，無論誰都知道，一個女孩子若敢一個人出來闖江湖，多多少少總有兩下子的。

江湖人對江湖人，總得有些江湖上的禮數。

「卻不知姑娘是哪條路上的？」

「水路我走過，旱路我也走過。」

「姑娘莫非是缺少點盤纏？」

波波拍拍身上的七塊現大洋：「盤纏我有的是，用不著你操心。」

青鬍子整張臉都發了青。

「難道姑娘想一個人吞下這批貨？」

「那就得看這是什麼貨了！」波波又在笑：「老實說，現在我的確有些餓，就算要我一口吞下顆雞蛋，也不成問題。」

這丫頭似通非通，軟硬不吃，也不知是不是在故意裝糊塗。

青鬍子老六的眼睛裡現出了紅絲。

「你究竟是什麼人？」

「我叫波波！」

「波波？」

「不錯，波波，難道你沒聽過？」

「沒有。」

「汽車你看見過沒有？」

「汽車？」

波波用一雙手比著，好像在開汽車：「波波，波波，汽車來了，大家閃開點。」

這丫頭究竟是怎麼回事？是有神經病？還是在故意找他們開心，吃他們豆腐？

波波卻笑得很甜：「我就是輛小汽車，我來了，所以你們就得閃開，不許你們再在這裡打打殺殺了。」

小汽車。

這丫頭居然把自己看成一輛小汽車。

也不知是誰在突然大喝：「跟這種十三點嚕嗦什麼？先把她廢了再說！」

「你們自己打自己難道還不夠？還想來打我？」波波雙手插起了腰，道：「好，看你們誰敢來動手！」

的確沒有人過來動手。

誰也不願意自己去動手，讓對方佔便宜。

波波更得意了：「既然不敢來動手，爲什麼還不快滾？」

她實在是個很天真的女孩子，想法更天真。

青鬍子老六突然向旁邊一個穿白紡綢大褂的年輕人道：「胡老四，你看怎麼樣？」

胡老四就是「喜鵲幫」的老四胡彪，一張臉青裡透白，白裡透青，看來雖然有點兒酒色過度的樣子，但手裡的一把刀卻又快、又準、又狠。

「你看怎麼樣？」胡彪反問。

他很少出主意，就算有主意，也很少說出來。

青鬍子老六沉聲道：「咱們兩家的事先放下，做了這丫頭再說！」

胡彪的回答只有一個字：「好！」

一個字也是一句話。

江湖上混的人，說出來的話就像是釘子釘在牆上，一個釘子一個眼，永無更改。

波波忽然發現所有的人都向她圍了過來。

遠處也不知從哪裡照著來一絲陰森森的燈光，照在這些人的臉上。

這些人的臉好像全都變成青的了，連臉上的血都變成了青的。

波波還是用雙手插著腰，但心裡卻多少有了點恐懼：「你們敢怎麼樣？」

沒有人回答。

現在已不是動嘴的時候。

動手！

突然間，一條又瘦又小的青衣漢子衝了過來，手裡的刀用力刺向波波的左胸心口上。

他看來並不像是個很兇狠的人，但一出手，卻像是條山貓。

他手裡的刀除了敵人的要害外，從來不會刺到別的地方去。

因爲他自己知道，像他這種瘦小的人，想要在江湖中混，就得要特別兇、特別狠。

波波居然一閃身就避開了，而且還乘機踢出一腳，去踢這漢子手裡的刀。

她也沒有踢到。

但這已經很令人吃驚，「拚命七郎」的刀，並不是很容易躲得開的。

已有人失聲而呼！

「想不到這丫頭真有兩下子！」

波波又再度昂起了頭，冷笑著道：「老實告訴你們，石頭鄉附近八百里地的第一把好手，就是本姑娘！」

這句話也說得並不能算太吹牛。

她的確是練過的，也的確打過很多想動她歪主意的小伙子，打得他們落荒而逃。

但那並不是因爲她真的能打，只不過因爲她有個名頭響亮的爸爸，還有個好朋友。

別人怕的並不是她，而是她這個朋友，和趙大爺的名頭。

只可惜這裡不是石頭鄉。

青鬍子老六和胡彪對望了一眼，都已掂出了這丫頭的份量。

老江湖的眼，本就毒得像條毒蛇一樣。

胡彪冷笑。

「老七，你一個人上！」

他已看出就憑「拚命七郎」的一把刀，已足夠對付這丫頭了。有面子的事，爲什麼不讓自己的兄弟露臉？

「拚命七郎」的臉卻連一點表情也沒有，冷冷的看著波波。

波波也在冷笑：「你還敢過來？」

「拚命七郎」不開口。

他一向只會動刀，不會開口——他並不是個君子。

他的刀突又刺出。

波波又一閃，心裡以爲還是可以隨隨便便就將這一刀避開。

誰知這一刀竟是虛招。

刀光一閃，本來刺向她胸口的一把刀，突然間就已到了她的咽喉。

波波連看都沒有看清楚，除了挨這一刀，已沒有別的路好走。

就在這時候，突然有樣東西從黑暗中飛過來，「叮」的，打在刀背上。

刀竟被打斷了。

一樣東西隨著半截鋼刀落在地上，竟只不過是把鑰匙。

四

「拚命七郎」的刀，是特地託人從北京帶回來的，用的是上好的百煉精鋼。

他的出手一向很快，據說快得可以刺落正在飛的蒼蠅。

但這把鑰匙卻更好，而且一下子就打斷了這柄百煉精鋼的好刀。

「拚命七郎」很少有表情的一張臉，現在也突然變了。

波波的心卻還在「噗通噗通」的跳。

這把鑰匙好像是從左面飛過來的。

左面有一堆木箱子。

木箱子的黑影裡，站著一個人，一個全身上下都穿黑衣的人。

他靜靜的站在那裡，動也沒有動。

黑暗中，波波也看不見他的臉，但卻忽然覺得這個人很可怕。

這連她自己都不知道是怎麼回事，她這一輩子幾乎從來就沒有怕過任何人。

她當然也不懂有些人天生就帶著種可怕的殺氣，無論誰看見都會覺得可怕的。

連「拚命七郎」都不由自主後退了兩步。

「你是誰？」

黑暗中這個人發出的聲音不是回答，是命令：「滾！喜鵲幫的人，全都給我滾！」

突然有人失聲而呼：「黑豹！」

「老八股黨」的人精神立刻一振。

胡彪的臉色卻變了，揮了揮手，立刻有十來個人慢慢的往後退。

剛退了兩三步，突又一齊向黑暗中那個人大吼著衝了過去。

十來個人，十來把刀。

最快的一把刀，還是「拚命七郎」的刀——一個像他這樣的人，身上當然不會只帶一柄刀。

黑暗中這個人的一雙手卻是空的，只不過有一串鑰匙。

鑰匙在「叮叮噹噹」的響，這個人卻還是動也不動的站在那裡。

「老八股黨」的弟兄們已準備替他先擋一擋這十來把刀。

青鬍子老六卻橫出了手，擋住了他們，冷笑著道：「先看他行不行，不行咱們再出手。」

這句話還沒有說完，已有一個人慘呼著倒下去。

動也不動的站在黑暗中的這個人，忽然間，已像是豹子般躍起。

他還是空著手的。

但他的這雙手，就是他殺人的武器。

他的出手狠辣而怪異，明明一拳打向別人的胸膛，卻又突然翻身，一腳踢在對方的胸膛上。

然後就是一串骨頭碎裂的聲音。

「拚命七郎」的刀明明好像已刺在他胸膛上，突然間，手臂已被撐住。

接著，就又是「格」的一響。

「拚命七郎」額上已疼出冷汗，剛喘了口氣，左手突又抽出柄短刀，咬著牙衝過去。

他打架時真是不要命。

只可惜他的刀還沒有刺出，他的人已經被踢出一丈外。

胡彪終於也咬了咬牙，揮手大呼：「退！」

十來個人還能站著的，只剩下六七個人，六七個人立刻向後退。

青鬍子老六揚起斧道：「追！」

「不必追！」這個人還站在黑暗裡，聲音也是冷冰冰的。

青鬍子瞪起了眼：「爲什麼不追？」

「二爺要的是貨，不是人！」

青鬍子老六怒聲道：「你知不知道這件事是誰在管的？」

黑衣人道：「本來是你。」

青鬍子老六道：「現在呢？」

黑衣人的聲音更冷：「現在我既然已來了，就歸我管。」

青鬍子大怒：「你是裡面的人，誰說你可以管外面的事？」

「二爺說的。」

青鬍子突然說不出話了。

黑衣人冷冰冰的聲音中，好像又多了種說不出的輕蔑譏嘲之意：「但功勞還是你的，只要你快押著這批貨回去，就算你大功一件。」

青鬍子怔在那裡，怔了半天，終於跺了跺腳，大聲吩咐：「回去，先押這批貨回去！」

五

風從江上吹過來，冷而潮濕。

月已高了，那巨大的鐵鉤，卻還是低垂在江面上。

月色淒迷。

遠處有盞燈，燈光和月光都照不到這神秘的黑衣人的臉。

他靜靜的站在那裡，面對著波波，只有一雙眼睛在發著光。

這雙發光的眼睛，好像也正在看著波波。

波波忽然感覺到有種無法描述的壓力，壓得她連氣都透不過來。
過了很久，她總算說出了三個字：「謝謝你。」
「不必。」
「……」
波波忽然覺得已沒什麼話好說了。
她本是個很會說話的女孩子，但這個人的面前，卻好像有道高牆。
她只能笑一笑，只能走。
誰知道奇怪的人卻突然說出了一句讓她覺得很奇怪的話：「你不認得我了？」
波波怔了怔：「我應該認得你的？」
「嗯。」
「你認得我？」
黑衣人的聲音中竟有了種很奇妙而溫暖的感情，甚至彷彿在笑：「你是輛小汽車！」
波波張大了眼睛，看著他，從頭看到腳，從腳再看到頭。
月更亮，月色已有一線照在他臉上。
他的臉輪廓分明，嘴很大，顴骨很高，不笑的時候，的確很可怕。
但波波以前卻看過他的笑，時常都看到他在笑。
她的眼睛突然亮了，比月光更亮。

她突然衝過去，捉住了他的手：「原來是你，你這個傻小子！」

江上的風雖然很冷，幸好現在已經是三月，已經是春天了。

何況，一個人的心裡若是覺得很溫暖，就算是十二月的風，在他的感覺中也會覺得像春風一樣。

波波心裡就是溫暖的。

能在遙遠而陌生的異鄉，遇見一個從小在一起長大的朋友，豈非正是件令人愉快的事？

江水在月光下靜靜的流動，流動不息。

時光也一樣。

你雖然看不見它在動，但它卻遠比江水動得更快。

波波輕輕的嘆息：「日子過得真快，我們好像已經有十年沒有見過面了。」

「七年，七年另三個月。」

波波嫣然笑道：「你記得真清楚。」

「我離開石頭鄉的那一天，正在下雪，我還記得你們來送我。」

他的目光深沉而遙遠，好像在看著很遠的地方。

那地方有一塊形狀很奇特的大石頭。

兩個十七八歲的少年人，和一個十二三歲的小女孩，就是在那塊石頭下分手的。

石頭上堆滿了雪，地上也積滿了雪。

波波的眼波彷彿已到了遠方。

「我也記得那天正是大年三十晚上。」

「嗯。」

「我要你在我家過了年再走，你偏偏不肯。」

「年不是我過的，是你們過的。」

「爲什麼？」

他沒有回答，他的眼睛卻更深沉。

一個貧窮的孤兒，在過年的時候看著別人家裡的溫暖歡樂，心裡是什麼滋味？

他知道，波波卻絕不會知道。

波波在笑，她總是喜歡笑，但這次卻笑得特別開心：「你還記不記得，有次你用頭去撞那石頭，一定要比比是石頭硬，還是你的頭硬？」

這次他也笑了。

波波又接著道：「自從那次之後，別人才開始叫你傻小子的。」

「但現在卻沒有人叫我傻小子了。」

「現在別人叫你什麼？」

「黑豹！」

二 黑豹

一

黑豹。

每個人都叫他黑豹。

因爲每個人都知道，野獸中最矯健、最驃悍、最殘忍的，就是黑豹！

鍋蓋移開時，蒸氣就像霧一樣升了起來。

賣麵的唐矮子用兩根長竹筷，一下子就挑起了鍋裡的麵，放在已加好佐料的大碗裡。

他用這兩根長竹筷的時候，簡直比外科醫生用他們的手術刀還要純熟。

桌上已擺著切成一絲絲的豬耳朵，切成一片片的滷牛肉，還有毛肚、肫肝、香腸，和滷蛋。

麵是用小碗裝的，加上鹹菜、醬油、芝麻醬，還有兩根青菜。

那味道真是香極了。

波波在嚥口水，直到現在，她才想起從中午到現在還沒有吃過飯。

「這麵我至少可以吃五碗。」

黑豹看著她，等她吃下第一個半碗，才問她：「你今天才來的？」

「嗯。」

「一個人來的？」

「嗯。」

波波的嘴還是沒有工夫說話，她覺得這個城市裡每樣東西都比家鄉好得多，甚至連麵的滋味都不同。

「這叫做什麼麵？」

「四川担担麵。」

「這裡怎麼會有四川的麵？」

「這地方什麼都有。」

波波滿足的嘆了口氣：「我真高興我能夠到這地方來。」

黑豹的嘴角又露出那種奇特的微笑：「你高興得也許還太早了些。」

「爲什麼？」

「這裡是個吃人的地方。」

「吃人？什麼東西吃人？」

「人吃人。」

波波反而笑了：「我不怕。」她笑得明朗而愉快，還是像七年前一樣：「若有人敢吃我，不噎死才怪。」

黑豹沒有再說什麼，他目光又落入遙遠處的無邊黑暗中。

波波開始吃第二碗麵的時候，他忽然問：「小法官呢？」

波波沒有回答，埋著頭，吃她的麵，吃了兩根，忽然放下了筷子，那雙春月般明亮的眼睛裡，彷彿忽然多了一層霧。

一層秋霧。

霧中彷彿已出現了一個人的影子，高大、明朗、正直、愉快。

小法官。

他當然不是真正的法官，別人叫他小法官，也許就因為他的正直。

他叫羅烈。

他就是那年除夕之夜，在石頭下送別黑豹的另一個少年。

他們三個人是死黨。

兩個男孩子對波波，就好像兩片厚蚌殼保護著一粒明珠。

「小法官，他……」波波眼睛裡的霧更濃：「我也有很久沒有看見他了。」

黑豹看著她眼睛裡的霧，當然也看出了霧裡藏著些什麼。

一個女孩子若是對一個男孩子有了愛情，就算全世界的霧也掩飾不住。

「他也走了？」黑豹問。

「嗯。」

「什麼時候走的？」

「也快三年了。」

那時波波已十七歲，十七歲的女孩子，正是愛得最瘋狂、最強烈的時候。

黑豹的眼睛更黑，過了很久，才慢慢的說：「他不該走的，他應該陪著你。」

波波垂下頭，但忽然又很快的抬了起來，用很堅決的聲音說：「可是他一定要走。」

「爲什麼？」

「因爲他不願意一輩子老死在石頭鄉，我……我也不願意。」

波波的眼睛裡又發出了光，很快的接著說：「像他那樣的人，在別的地方，一定有出路。」

黑豹點點頭：「不錯，他一向不是傻小子，他絕不會用自己的腦袋去撞石頭，因爲他知道石頭一定比腦袋硬。」

波波笑了。

黑豹也笑了。

波波笑著道：「其實你也並不是個真的傻小子。」

「哦？」

「他總是說你非但一點也不傻，而且比誰都聰明，誰若認爲你是傻小子，那個人才是真正的傻小子。」

「你相信他的話？」

「我當然相信。」波波的笑容又明朗起來，道：「你們一起長大，一起練功夫，一起打架，誰也沒有他瞭解你。」

「他的確很瞭解我，」黑豹同意道：「因爲他比我強。」

「但你們打架的時候，他總是打不過你。」

黑豹笑了笑：「可是我們打架的法子，卻有一大半是他創出來的。」

他們練的功夫叫「反手道」。

那意思就是說，他們用的招式，全是反的。

在拳法中本來應該用左手，他們偏偏要用右腳。

應該用左腿的時候，他們就偏偏要用右手。

「你們打架的那種法子，我也學過。」這一點波波一向覺得很得意。

「只要你練得好，那種法子的確是一種最有效的法子。」

波波也同意。她剛才就看見了用那種法子來打人的威風。

黑豹微笑著：「只可惜你並沒有練好，所以你千萬不能再去多管別人的閒事，尤其是在這裡，這裡的人吃人是絕不會被骨頭鯁死的。」

「爲什麼？」波波噘起了嘴，滿臉都是不服氣的樣子。

「因爲他們吃人的時候，都會連骨頭也一起吞下去。」

波波還是不服氣，但想起剛才「拚命七郎」的那柄刀，也只好將嘴裡要說的話嚥下去。

何況她心裡邊有一句更重要的話要問。

「我爹爹在哪裡？」

「你在問我？」黑豹好像覺得很奇怪。

「我當然是在問你，你已來了七年，難道從來也沒有聽過他的消息？」

「從來也沒有。」

波波第一次皺起了眉，但很快的就又展開。

黑豹當然不會知道她爹爹的消息，他們根本就不是同一階層的人，當然也不會生活在同一個圈子裡。

「你是來找你爹爹的？」

「嗯。」

「那只怕並不容易，」黑豹在替她擔心：「這是個很大的地方，人很多。」

「沒關係。」波波自己並不擔心：「反正我今天才剛到，時間還多得很。」

「你準備住在哪裡？」

「現在我還不知道，反正總有地方住的。」這世上好像根本就沒有什麼能讓她擔心的事。

黑豹又笑了。

這次他笑的時候，波波才真正看見七年前那個傻小子。

所以她笑得更開心：「反正我現在已找到了你，你總有地方讓我住的。」

二

這個旅館並不能算很大，但房間卻很乾淨，雪白的床單，發亮的鏡子，還有兩張大沙發。

沙發軟極了，波波一坐下去，就再也不想站起來。

黑豹卻好像還是覺得有點抱歉：「時候太晚，我已經只能找到這地方。」

「這地方已經比我家舒服一百倍了。」波波的確覺得很滿意，因爲她已經發現床比沙發更軟。

「你既然喜歡，就可以在這裡住下來，高興住多久，就住多久。」

「這地方是不是很貴？」

「不算貴，才一塊錢一天。」

「一塊大洋？」波波嚇得跳了起來。

黑豹卻在微笑：「可是你用不著付一毛錢，這地方的老闆是我的朋友。」

波波看著他，有點羨慕，也有點爲他驕傲：「看起來你現在已變成了個很有辦法的人了。」

黑豹只笑了笑。

「你剛才說的那位二爺呢?」

「他也許已經可以算是這地方最有辦法的人。」

「他姓什麼?」

「姓金,有的人叫他金二爺,也有的人叫他金二先生。」

「大爺是誰呢?」波波心裡又充滿希望——大爺會不會是趙大爺?

「沒有大爺,大爺已死了。」

「怎麼死的?」波波的希望變成了好奇。

「有人說是病死的,也有人說是被金二爺殺死的。」黑豹的臉又變得冷漠無情:「我說過,這裡是個人吃人的世界。」

像波波這麼大的女孩子,聽到這種事,本來應該覺得害怕的。

可是她反而笑了,道:「幸好你還沒有被他們吃下去。」

她笑的時候絕不像是輛汽車。

事實上,她全身上下唯一像汽車的地方,就是她的一雙眼睛。

她的眼睛有時真亮得像是汽車前的兩盞燈。

「你是金二爺的朋友?」她忽然又問。

「不是。」

「是他的什麼人？」

「是他的保鏢。」

「保鏢？」

「保鏢的意思就是打手，就是專門替他去打架的人。」

黑豹的眼睛，彷彿露出種很悲傷的表情：「一個人爲了要吃飯，什麼事都得做的。」

波波忽然跳起來，用力拍他的肩，大聲道：「做保鏢也好，做打手也好，都沒關係，反正你還年輕，將來說不定也會有人叫你黑二爺的。」

黑豹這次沒有笑，反而轉過身。

窗子外面黑得很，連霓虹燈的光都看不見了。

黑暗的世界，黑暗的城市。

黑豹忽然道：「這城市敢跟金二爺作對的，只有一個人。」

「誰？」

「喜鵲。」

「喜鵲？一隻鳥？」波波又在笑。

「不是鳥，是個人。」黑豹的表情卻很嚴肅：「是個很奇怪的人。」

「你見過他？」

「沒有，從來也沒有人見過他，從來也沒有人知道他是誰。」

「為什麼呢？」波波的好奇心又被引起了。

「因為他從來也不露面，只是在暗中指揮他的兄弟，專門跟金二爺作對。」

「他的兄弟很多？」

「好像有不少。」黑豹道：「剛才你見過的那批用刀的人，就全都是他的兄弟。」

「那批人也沒什麼了不起。」波波撇撇嘴：「除了那個瘦小子還肯拚命之外，別的人好像只會挨揍。」

「你錯了。」

「哦？」

「他的兄弟裡，最陰沉的是胡彪老四，花樣最多的是老二小諸葛，功夫最硬的是紅旗老么，但最可怕的，還是他自己。」

「想不到你也有佩服別人的時候。」

黑豹的表情更嚴肅：「我只不過告訴你，下次遇見他們這批人，最好走遠些。」

「我才不怕。」波波又昂起了頭：「難道他們真能把我吃下去？」

黑豹沒有再說什麼，他知道現在無論再說什麼都沒有用的。

他很瞭解這輛小汽車的毛病。

所以他轉過身：「我只想要你明白，現在我已不能像以前那樣，天天陪著你。」

「我明白。」波波笑著道：「你既不是我的保鏢，又不是我的丈夫，現在我們又都長大了。」

黑豹已走到門口，忽又轉身：「你最近有沒有他的消息？」

「他」當然就是羅烈。

「沒有。」

「你也不知道他在哪裡？」

波波搖搖頭，說道：「他走的時候，並沒有告訴我他要到哪裡去，只不過告訴我，他一定會回來的。」

她的聲音裡並沒有悲傷，只有信心。

她信任羅烈，就好像羅烈信任她一樣——「無論等到什麼時候，我都一定等你回來的。」

這是他們的山盟海誓，月下蜜語，她並沒有告訴黑豹，也不想告訴任何人。

但是黑豹當然聽得出她的意思。

他開門走了出去。

三

門還是開著的。

波波躺在床上，心裡覺得愉快極了。

她到這城市來才只不過一天，雖然還沒有找到她的父親，卻已找到了老朋友。

這已經是個很好的開始。

何況還有明天呢！

說不定明天她就能打聽出她父親的下落，說不定明天她就會得到羅烈的消息，說不定……

又有誰知道明天會發生些什麼事？

「明天」永遠都充滿了希望，就因爲永遠有「明天」，所以這世上才有這麼多人能活下去。

只可惜今天已快結束了。

現在波波只想先痛痛快快的洗個澡，再舒舒服服的睡一覺。

「你若要叫人做事，就按這個鈴。」

叫人的鈴就在門上。

鈴一響，就有人來了。

女侍的態度親切而恭敬，旅館老闆跟黑豹的交情好像真的不錯。

波波忽然覺得自己好像也變成了個很有辦法的人，她實在愉快極了。

浴室就在走廊的盡頭，雖然是這層樓公用的，但是現在別的客人都已經睡了，所以波波也用不著等。

女侍放滿了一盆水，拴起了窗子，陪著笑：「毛巾和肥皂都在那邊的小櫃子裡，趙小姐假如怕衣服弄濕，也可以放到櫃子裡去。」

波波忽然從身上掏出了一塊大洋道：「這給你做小賬。」

她聽說過，在大城市裡有很多地方都得給小賬，給一塊錢她雖有點心痛，但一個人在心情愉快的時候，總是會大方些的。

等她脫光了衣服，放進櫃子，再跳進浴盆後，她更覺得這一塊錢給的一點也不冤枉。水的溫度也剛好。

這城市裡簡直樣樣都好極了。

她用腳踢著水。

「波波，汽車來了。」

看著她自己健康苗條的軀體，她自己也覺得這輛汽車實在不錯，每樣零件都好得很。

事實上，她一向是個發育很好的女孩子，而且發育得很早。

所以她又想到羅烈。

她的臉忽然紅了。

羅烈走的那一天，是春天。

他們躺在春夜的星光上，躺在春風中的草地上。

星光燦爛，綠草柔軟。甚至彷彿比剛才那張床還要柔軟。

羅烈的手就停留在她自己的手現在停留的地方。

他的手雖然粗糙，但他的動作卻是溫柔的。

她聽得出他的心在跳，她自己的心跳得更快。

「我要你，我要你……」

其實她也早已願意將一切全都交給他，但她卻拒絕了。

「我一定是你的，可是現在不行。」

「爲什麼？……你不喜歡我？」

「就因爲我喜歡你，所以我才要你等，等到我們結婚的那一天……」

羅烈沒有勉強她，他從來也沒有勉強她做過任何的事。

可是現在，她自己反而覺得有點後悔了。

陌生的地方，軟綿綿的手，軟綿綿的水……

她忽然從水裡跳起來。

水太軟，也太溫暖。

她不敢再泡下去，也不敢再想下去。

「躺在床上會不會想呢？」

她沒有仔細研究，反正那已是以後的事了，現在她只想趕快穿回衣裳。

衣裳已放到那小櫃子裡去。

她匆匆擦了擦身子，打開那小櫃子的門。

她突然怔住。

小櫃子裡一隻襪子都沒有，她的衣服已全都不見了。

就好像變魔術一樣，忽然就不見了。

衣服是她自己放進櫃子裡的，這浴室裡絕沒有別人進來過。

櫃子裡的衣服哪裡去了呢？

她想不通。

想不通的事，往往就是可怕的事。

波波已能感覺到自己背脊上在冒冷汗。

她當然不會想到這櫃子後面還有複壁暗門，也不會想到大都市中的旅館，看來無論多華麗乾淨，也總有它黑暗罪惡的一面。

她只覺得恐懼。

一個女孩子在赤裸著的時候，膽子絕不會像平時那麼大的。

幸好門和窗子還都關得很緊，但是浴室距離她的房門還有條很長的走廊，她這樣子怎麼能走得出去？

她想用毛巾裹住身子，毛巾又太短、太小。

窗簾子呢？

她正想去試試看，但窗外卻忽然響起了兩個人說話的聲音：

「一個女孩子洗過澡，忽然發現衣服不見了，該怎麼辦？」

「沒關係。」

「沒關係？」

「因爲她不是女孩子，是汽車。」

「不錯，汽車是用不著穿衣服的。」

然後就是一陣大笑。

笑的聲音還不止兩個人。

波波已退到浴室的角落裡，盡量想法子用那條毛巾蓋住自己，大聲問：「外面是什麼人？」

「我們也不是人，只不過是一群喜鵲而已。」

「喜鵲！」波波的心沉了下去。

「喜鵲一向報喜不報憂，我們正是給趙小姐報喜來的。」

這聲音陰沉而緩慢，竟有點像是那胡彪老四的聲音。

波波忍不住問：「報什麼喜？」

「趙小姐的衣服，我們已找到了。」

「在哪裡？」

「就在我們這裡。」

「快還給我！」波波大叫。

「趙小姐是不是要我們送進去？」

「不行！」波波叫的聲音更大。

「既然不行，就只好請趙小姐出來拿了。」

他們當然知道波波是絕不敢自己出去拿的。

窗外立刻又響起一陣大笑聲。

波波咬著牙，只恨不得把這些人就像臭蟲般一個個捏死。

她現在只想先衝過去撕下窗簾，包起自己的身子再說。

但這時她發現窗簾忽然在動，竟像是被風吹動的。

窗子既然關著，哪裡來的風？

門上也有了聲音。

一柄薄而鋒利的刀，慢慢的從門縫裡伸了進來，輕輕一挑。

「格」的一響，門上的鉤子就開了。

波波怒吼：「你們敢進來，我就殺了你們！」

「用什麼殺？用你的嘴？還是用你的……」說話的聲音陰沉而淫猥。

波波沒法子再聽下去，只有用盡平生力氣大叫。

但現在她總算已知道，無論叫的聲音多大，都沒有用的。

她已看見門和窗子突然一起被撞開，三個人一起跳了進來。

三個人手上都有刀，其中一個正是那臉色發青的胡彪。

波波反而不叫了，也沒有低下頭。

她反而昂起了頭，用一雙大眼睛狠狠的瞪著他們。

「你們想怎麼樣？」

胡彪陰森森的笑著：「老實說，究竟想怎麼樣，我們直到現在還沒有拿定主意。」

他的眼睛在波波身上不停的搜索，就像是一把蘸了油的刷子。

波波想吐。

浴室裡的燈光太亮，毛巾又實在太小。

她的皮膚本來是一種健康的古銅色，但在這種燈光下看來，卻白得耀眼。

她的腿很長，很結實，曲線豐潤而柔和。

她的腰纖細。

波波一向很爲自己的身材驕傲，但現在卻恨不得自己是個大水桶。

胡彪眼睛裡露出了滿意的神色：「你們看這丫頭怎麼樣？」

「是個好丫頭。」

「我們是先用用她？還是先做了她？」

「不用是不是太可惜？」

「的確可惜。」

波波幾乎已經想衝過去，一巴掌打爛這張臉。

只可惜她的手一定要抓住毛巾，一定要抓緊。

但就在這時候，胡彪已突然一個箭步竄過來，刀光閃動，向她的毛巾上挑了過去。

他的刀也許沒有「拚命七郎」那麼狠，那麼快，但運用得卻更熟練。

波波想一腳踢飛這柄刀，可是現在她的腿又怎麼能踢得起來？

她畢竟還是個女孩子。

她忽然想哭。

刀鋒劃過去的時候，另外兩個人的眼睛瞪得更大了。

突然間，「叮」的一響。

一樣東西斜斜的飛過來，打在胡彪的刀上。

一把鑰匙！

五

一把發光的黃銅鑰匙。

胡彪鐵青的臉已扭曲，霍然轉身。

窗簾還在動。

三個人的眼睛一齊瞪著窗子，鑰匙的確是從窗外打進來的。

但人卻從門外衝了進來。

一個皮膚很黑，衣服更黑的人，漆黑的眼睛裡，帶著種說不出的剽悍殘酷之色。

他沒有說話，甚至沒有發出任何聲音。

片刻奇異的沉寂後，浴室裡聽到的第一種聲音，就是骨頭折斷的聲音。

一個人手裡的刀剛揮出，手臂已被反擰到背後，「咔嚓」一響。

另一個人想奪門而逃，但黑豹的腳已反踢出去，踢在他的腰上。

這人就像是一顆皮球般，突然被踢起，踢得飛了出去，到門外才發出一聲短促的慘呼。

慘呼聲過後，又是一陣可怕的沉寂。

黑豹靜靜的站在那裡，看著胡彪。

胡彪額上已冒出冷汗，在燈光下看來，像是一粒粒滾動發亮的珍珠。

波波倚在牆上，整個人都似已虛脫。

自從她看到那把鑰匙後，她全身就突然軟了，因爲她知道她已有了依靠。

現在她看著面前這殘忍而冷靜的年輕人，心裡只覺得有種說不出的安全感。安全而幸福。

這種感覺就像是一個人突然從噩夢中驚醒，發現自己心愛的人還在身畔一樣。

胡彪的表情卻像是突然落入一個永遠也不會驚醒的噩夢裡。

黑豹已慢慢的向他走了過去。

胡彪突然大喊：「這件事跟你們『老八股』根本全無關係，你爲什麼又要來管閒事？」

黑豹的聲音冰冷：「我只恨剛才沒有殺了你。」

「這小丫頭難道是你的女人？」

「是的。」

簡短的回答，毫無猶豫。波波聽了，心裡忽然又有種無法形容的奇妙感覺。她自己當然知道她並不是他的女人。

他也知道。但他卻這麼樣說了，她聽了也並沒有生氣。

因爲她知道這正表示出他對她的那種毫無條件的保護和友情。

她聽到胡彪在長長的吸著氣，道：「我知道你不是那種肯爲女人殺人的人。」

「我不是。」黑豹的聲音更加冰冷：「但這次卻例外。」

胡彪突然獰笑：「你也肯爲了這女人死？」

就在這一瞬間，黑豹冷靜的眼睛裡竟似露出了恐懼之色，就像是一隻剽悍的豹子，突然發現自己落入陷阱。也就在這一瞬間，屋頂上的天窗突然開了，櫃子後的夾壁暗門也開了。

幾十條帶著鉤子的長索，從門外，從窗口，從天窗上，從暗門裡飛了出來。

黑豹喉嚨裡發出一聲野獸般的低吼，向著胡彪撲過去。只可惜他已遲了一步。波波的驚呼聲中，幾十條帶著鉤子的長索已捲在他身上。

他一用力，鉤子立刻鉤入他的肉裡，繩子也勒得更緊。

胡彪大笑：「原來你也有上當的時候！」笑聲中，他的刀也已出手，直刺黑豹的琵琶骨。

他還不想讓黑豹死得太快、太舒服。

三 大亨

一

胡彪笑得還太早。

他的出手也太晚了！

就在這一剎那間，黑豹突然發出野獸般的怒吼。

鐵鉤還嵌在他身上，但繩子卻已一寸寸的斷了，他的人突然豹子般躍起，雙腿連環踢出。

胡彪大驚，閃避。

但真正打過來的，並不是黑豹的兩條腿，而是他的手。

一隻鋼鐵般的手。

胡彪的人突然間就飛了起來，竟被這隻手憑空掄起，擲出了窗戶。

窗外的慘呼不絕，其中還夾雜著一個人的大喝：「這小子不是人，快退！」

然後就是一連串腳步奔跑聲，斷了的和沒有斷的長索散落滿地。

黑豹沒有追。

他只是靜靜的站在那裡，看著波波。

這時他的目光已和剛才完全不同，他漆黑的眼睛裡，已不再有那種冷酷之色，已充滿了一種無法描敘的感情。

那也不知是同情?是友情?還是另一種連他自己都不瞭解的感情。

波波明亮的眼睛裡忽然有一串淚水湧出。

「我不該留下你一個人的。」黑豹的聲音也變得異常溫柔。

波波含著淚，看著他：「他們真正要殺的是你，不是我。」

「我知道。」

「但你還是要來救我？」

「我不能不來。」

同樣簡短的回答，同樣是全無猶豫，全無考慮，也全無條件的。

這是種多麼偉大的感情。

波波突然衝上去，緊緊的抱住了他。

她嗅到了他的汗臭，也嗅到了他的血腥。

汗是爲了她流的，血也是爲了她流的。

爲什麼?

波波的心在顫抖，全身都在顫抖，這種血和汗的氣息，已感動到她靈魂的深處。

她已忘了自己是完全赤裸的。

她已忘了一切。

屋子裡和平而黑暗。

也不知過了多久，波波才感覺到他的手在她身上輕輕撫摸，也不知撫摸了多久。

他的手和羅烈同樣粗糙，同樣溫柔。

她幾乎也已忘了這究竟是誰的手。

然後她才發覺他們已回到她的房間，已躺在她的床上。

床柔軟得就像是春天的草地一樣。

撫摸更輕，呼吸卻重了。

她沒有掙扎，沒有反抗——她已完全沒有掙扎和反抗的力量。

他也沒有說：「我要你。」

可是他要了她。

他得到了她。

二

屋子裡又恢復了和平與黑暗。

一切事都發生得那麼溫柔，那麼自然。

波波靜靜的躺在黑暗中，靜靜的躺在他堅強有力的懷抱裡。

她腦海裡彷彿已變成一片空白。

過去的她不願再想，未來的她也不願去想，她正在享受著這和平寧靜的片刻。

風在窗外輕輕的吹，曙色已漸漸染白了窗戶。

這豈非正是天地間最和平寧靜的時刻？

黑豹也靜靜的躺在那裡，沒有說話。

他心裡在想著什麼呢？

是不是在想著羅烈？

「羅烈，羅烈……」

草地上，三個孩子在追逐著，笑著……兩個男孩子在追著一個女孩子。

「你們誰先追上我，我就請他吃塊糖。」

他們幾乎是同時追上她的。

「誰吃糖呢？」

「你吃，你比我快了一步。」這是小法官的最後宣判。

所以他吃到了那塊糖。

可是在他吃糖的時候，她卻拉起了羅烈的手，又偷偷的塞了塊糖在他手裡。

傻小子並不傻，看得出那塊糖更大。

他嘴裡的糖好像變成苦的，但他卻還是慢慢的吃了下去。

一樣東西無論是苦是甜，既然要吃，就得吃下去。

這就是他的人生。

風在窗外輕輕的吹，和故鄉一樣的春風。

波波忽然發現自己在輕輕啜泣。

她忽然想起了許多不該想，也不願想的事，她忽然覺得自己對不起一個人。

一個最信任她的人。

「我一定回來的。」

「我一定等你。」

可是她卻將自己給了別人。

她悄悄的流淚，盡量不讓自己哭出聲來，可是他已發覺。

「你後悔？」

波波搖頭，用力搖頭。

「你在想什麼？」

「我……我什麼也沒有想。」

「可是你在哭。」

「我……我……」無聲的輕泣，忽然變成了痛哭。

她已無法再隱藏心裡的苦痛。

黑豹看著她，忽然站起來，走到窗口，面對著越來越亮的曙色。

他知道她在想什麼——他當然知道，也應該知道。

天更亮了。

他癡癡的站著，沒有動。外面已傳來這大都市的呼吸，傳來各式各樣奇怪的聲音。

他沒有動。

波波的哭聲已停止。

他還是沒有動，也沒有回頭。

他的背寬而強壯，背上還留著鐵鉤的創痕——他心裡的創痕是不是更深？

波波看著他，忽然想起了那塊糖。

那次的確是他快了一步，但她卻將一塊更大的糖偷偷塞給羅烈。

她忽然覺得她對他一直都不公平，很不公平。

他對她並不比羅烈對她壞，可是她卻一直對羅烈比較好些。

在他們三個人當中，他永遠是最孤獨，最可憐的一個。

可是他永無怨言。

在這世界上，他也永遠是最孤獨、最可憐的一個人，他也從無怨言。

無論什麼事，他都一直在默默的承受著。

現在她雖然已將自己交給了他，但心裡卻還是在想著羅烈。

他明明知道，卻也還是默默承受，又有誰知道他心裡承受著多少悲傷？多少痛苦？

波波的淚又流下。

她忽然覺得自己對不起的並不是羅烈，而是這孤獨又倔強的傻小子。

「你……你在想什麼？」

「我什麼都沒有想。」黑豹終於回答。

他還是沒有回頭，但波波卻已悄悄的下了床，從背後擁抱著他，輕吻著他背上的創傷。

「傻小子，你真是個傻小子，我知道你在想什麼，可是你想錯了。」

她喃喃輕語，扳過他的身子，「現在我除了想你，還會想什麼？」

黑豹閉上眼睛，卻已來不及了。

波波已發現了他臉上的淚光。

他已爲她流了汗，流了血，現在他又爲她流了淚，比血與汗更珍貴的淚。

這難道還不夠！

一個女孩子對她的男人還能有什麼別的奢望？

她突然用力拉他。

她自己先倒下去，讓他倒在她赤裸的身子上。

這一次她不但付出了自己的身子，也付出了自己的情感。

這一次他終於完全得到了她。

沒有條件，沒有勉強。

可是他的確已付出了他的代價。

三

陽光從窗外照進來，燦爛而輝煌。

「明天」，已變成了「今天」。

波波翻了個身，背脊就碰到了那一大串鑰匙。

這串鑰匙最少也有三四十根，又冷又硬。平時黑豹總是拿在手裡，睡覺時就放在枕頭下。

現在鑰匙卻從枕頭下滑了出來，戳得波波有點痛。

她反過手，剛摸著這串鑰匙，想拿出來，另一隻手立刻伸過來搶了過去。

黑豹也醒了。

他好像很不願意別人動他的這串鑰匙，連波波都不例外。

波波噘起了嘴：「你爲什麼總是要帶著這麼一大把鑰匙？」

「我喜歡。」黑豹的回答總是很簡單。

但波波卻不喜歡太簡單的回答，所以她還要問：「爲什麼？」

黑豹的眼睛看著天花板，過了很久，才緩緩道：「你記不記得錢老頭子？」

「當然記得。」

錢老頭子也是他們鄉裡的大戶，黑豹從小就是替他做事的。

「他手裡好像也總是帶著一大把鑰匙？」波波忽然想了起來。

黑豹點點頭。

「你學他？」波波問。

「不是學他。」黑豹沉思著：「只不過我總覺得鑰匙可以給人一種優越感！」

「爲什麼？」

「因爲我覺得鑰匙的本身，就象徵著權威、地位和財富。」黑豹笑了笑：「你幾時看見過窮光蛋手裡拿著一大把鑰匙的？」

波波也笑了：「只可惜你這些鑰匙並沒有箱子可開，都是沒有用的。」

「沒有用？」黑豹輕撫著她道：「莫忘記它救過你兩次。」

「救我的是你，不是它。」

「但鑰匙有時也是種很好的暗器，至少你可以將它拿在手裡，絕不會引起別人的注意。」

「我還是不喜歡它。」波波是個很難改變主意的女孩子。

「那麼你以後就最好不要碰它。」黑豹的口氣好像忽然變得很冷。

波波的眼睛也在看著天花板。

她心裡在想，假如是羅烈，也許就會為她放棄這些鑰匙了。

她不願再想下去。

女孩子是種很奇怪的動物，就算她以前對你並沒有真的感情，但她若已被你得到，她就是你的。

那就像是狼一樣。

母狼對於第一次跟牠交配的公狼，總是忠實而順從的。

「起來。」黑豹忽然道：「我帶你到我那裡去，那裡安全得多。」

「只要有你在身旁，無論在什麼地方，豈非都一樣安全？」波波的聲音很溫柔。

「只可惜我不能常常陪著你。」

「為什麼？」

黑豹的回答只有三個字。

「金二爺。」

這就是黑豹的唯一理由，但這個理由已足夠了。

金二爺永遠比一切人都重要。

爲了金二爺，任何人都得隨時準備離開他的父母、兄弟、妻子和情人。

四

金二爺斜倚在天鵝絨的沙發上，啜著剛從雲南帶來的普洱茶。

現在剛七點，他卻已起來了很久，而且已用過了他的早點。

他一向起來得很早。

他的早點是一大碗油豆腐線粉、十個荷包蛋，和四根回過鍋的老油條，用臭豆腐乳蘸著吃。

這是他多年的習慣。

他是個很不喜歡改變自己的人，無論是他的主意，還是他的習慣，都很難改變。

甚至可以說絕不可能改變。

他意志堅強，精明果斷，而且精力十分充沛。

從外表看來，他也是個非常有威儀的人。

這種人正是天生的首領，現在他更久已習慣指揮別人，所以雖然是隨隨便便的坐在那裡，還是有種令人不敢輕犯的威嚴。

他旁邊另一張沙發上，有個非常美麗，非常年輕的女人。

她就像是隻波斯貓一樣，蜷曲在沙發上，美麗、溫馴、可愛。

她的身子微微上翹，更顯得可愛，大而美麗的眼睛裡，總帶著種天真無邪的神色，但神態間卻又有種說不出的媚力。

她正是那種男人一見了就會心動的女人。

現在她好像還沒有睡醒，連眼睛都睜不開。

可是金二爺既然已起來了，她就得起來。

因爲她是金二爺的女人。

一個垂著長辮子的小丫頭，輕輕的從波斯地毯上走過來。

「什麼事？」金二爺說話的聲音也同樣是非常有威儀的。

「黑少爺回來了。」

「叫他進來。」

沙發上的女人眼睛立刻張開，身子動了動，像是想站起來。

「你坐下來，用不著迴避他。」

「可是……」

「我叫你坐下來，你就坐下來。」金二爺沉著臉，道：「他對我比你對我還要忠實得多，你怕什麼？」

波斯貓般的女人不再爭辯，她本來就是個很溫馴的女人。

她又坐了下來。

紫紅色的旗袍下襬，從她膝蓋上滑下，露出了她的腿。

她的腿均勻修長，線條柔和，雪白的皮膚襯著紫紅的旗袍，更顯得有種說不出的誘惑。

「蓋好你的腿。」

金二爺點起根雪茄，黑豹就從外面走了進來。

他走路時很少發出聲音，但卻走得並不快。

沙發上的女人本來是任何男人都忍不住要多看兩眼的。

但他的眼睛卻始終筆筆直直的看著前面，就好像屋子裡根本沒有這麼一個女人存在。

對這點金二爺好像覺得很滿意。

他噴出口又香又濃的煙，看著黑豹道：「昨天晚上你沒有回來？」

「我沒有。」

「那當然一定有原因。」

「我遇見了一個人。」

「是你的朋友？」金二爺又吸了口他上好的哈瓦那雪茄。

「我沒有朋友。」

對這點金二爺顯然也覺得很滿意。

「不是朋友是什麼人？」

「是個女人。」

金二爺笑了，用眼角瞟了沙發上的女人一眼，微笑著道：「像你這樣的年紀，當然應該去找女人。」

黑豹聽著。

「但女人就是女人，」金二爺又噴出口煙：「你千萬不能對她們動感情，否則說不定你就要毀在她們手裡。」

黑豹的臉上完全沒有表情道：「我從來沒有把她們當做人。」

金二爺大笑：「好，很好。」他的笑聲突又停頓：「昨天晚上你表現得也很好，但卻得罪了一個人。」

「馮老六？」

「那青鬍子算不了什麼，就算你殺了他也沒關係。」金二爺的聲音漸漸又變得低沉嚴肅：「但是你總該知道，他是張三爺的親信。」

「我知道。」

「你得罪了他，他當然會在張三爺面前說你的壞話。」金二爺噴出口煙霧，彷彿要掩蓋起自己臉上的表情：「那位張大帥的火爆脾氣，你想必也總該知道的。」

「我知道。」黑豹聽人說話的時候，遠比他自己說話的時候多。

「所以你最近最好小心些。」金二爺顯得很關心：「張三爺知道你是我的人，當然不會明著對付你，可是在暗地裡……」

他沒有說下去，因爲他知道不說下去比說下去更有效。

黑豹臉上還是一點表情也沒有，他想殺人時，臉上也總是沒有表情的。

金二爺眼睛裡卻似露出了得意之色，忽然又問道：「最近在法租界裡，又開了家很大的賭場，你聽說過沒有？」

「聽過。」

「賭場的老闆，聽說是個法國律師，只不過……真正的老闆，恐怕還另有其人。」

黑豹沒有表示意見。

金二爺道：「你不妨到那邊去看看。」他又噴出口煙：「既然那賭場是用法國人名義開的，跟我們就連一點關係都沒有……」

他忽然打住了這句話，改口道：「我的意思你懂不懂？」

「我懂。」

黑豹當然懂。在他們的社會裡，不是朋友，就是仇敵。

那賭場老闆既然不是他們的朋友，他還有什麼事不能做的？

於是金二爺端起了他的茶。

黑豹就轉身走了出去。

沙發上的女人，一直垂著頭，坐在那裡，直到此時，才忍不住偷偷瞟了他一眼。

金二爺好像沒有看見似的，卻忽然又道：「你等一等。」

黑豹立刻轉回身。

金二爺看著他：「你受了傷？」

「傷不重。」

「是誰傷了你的？」

「喜鵲。」

金二爺皺起了眉：「那些喜鵲們已恨你入骨，第一個要殺的人，就是你！」

黑豹冷笑。

「你當然不怕他們，我只不過提醒你，現在你的仇人已經夠多了。」

「是。」

「而且我最近聽說，張三爺又特地請來了四個外國保鏢，兩個是日本人，是柔道專家。」

金二爺笑了笑：「柔道並不可怕，但其中還有一個，據說是德國的神槍手。」

黑豹還是在聽著。

「槍就比柔道可怕得多了。」

黑豹忽然道：「槍也不可怕。」

「哦？」

「假如能根本不讓子彈射出來，無論什麼樣的槍，都只不過是塊廢鐵。」

金二爺的眼睛裡閃著光：「你能夠不讓子彈射出來麼？」

「我還活著。」

金二爺又笑了：「我希望你活著，所以才再三提醒你。」

他又端起了茶：「我已關照大通銀行的陳經理，替你開了個戶頭，你要用錢的時候，可以隨時去拿。」

遇著這樣的老闆，你還有什麼可埋怨的？

黑豹目中露出感激之色：「我會活著去拿的。」

黑豹已走了。

金二爺微笑著，看著他走出去，眼睛裡又露出得意之色。

那種眼色就像是主人在看著他最優秀的純種獵犬一樣。

「像他這種人，只要多磨練磨練，再過十年，這裡說不定就是他的天下了。」

這句話他也不知道是對誰說的。

沙發上的那女人垂著頭，也不知道聽見了沒有。

「你沒有聽見我說的話？」金二爺忽然轉過臉，對著她。

「我聽見了。」

「你們是老朋友了，看見他有出息，你應該替他高興才對。」

她的頭卻垂得更低：「現在我已不認得他了。」

「可是你剛才還在偷偷的看他。」金二爺的聲音還是很平靜。

沙發上女人的臉卻已嚇白了。

「我沒有。」

「你沒有？」金二爺突然冷笑，手裡的一碗茶，已全都潑在她身上。

茶還是燙的。

但是她坐在那裡，卻連動都不敢動。

金二爺沉著臉：「我最討厭在我面前說謊的人，你總該知道的。」

「……」

「其實你就算看了他一眼，也沒有什麼關係，你又何必說謊？」

沙發上的女人眨著眼，好像受了天大的委屈，隨時都要哭出來的樣子。

她當然不會真的哭出來。

她做出這樣子，只不過因爲她知道自己這種樣子很可愛。

金二爺看著她，從她的臉，看到她的腿，目光漸漸柔和：「去換件衣裳，今天我帶你到八爺家裡去喝他三姨太的壽酒。」

沙發上的女人立刻笑了，就像是個孩子般跳起來，跑到後面去。

還沒有跑到門口，忽然又轉過身，抱住了金二爺，在他已有了皺紋的臉上，輕輕的吻了一下，又溜走。

金二爺看著她扭動的腰肢，突然按鈴叫進剛才那小丫頭。

「關照劉司機去找施大夫，再去配幾副他那種大補的藥來。」

五

從水晶燈飾間照射出來的燈光，總像是特別明亮輝煌。

現在輝煌的燈光正照著梅子夫人臉上最美麗的一部份。

她的確是個非常美麗的女人，一種東方和西方混合的美。

她的眼睛是淺藍色的，正和她身上戴的一套藍寶石首飾的顏色配合，她的皮膚晶瑩雪白，在她身上，幾乎已完全看不出黃種人的痕跡。

她自己也從來不願承認自己是黃種人，她憎惡自己血統中那另一半黃種人的血。

她從不願提起她的母親——一位溫柔賢慧的日本人。

只可惜這事實是誰也無法改變的，所以她憎惡所有的東方人。

所以在東方人面前，她總是要表現得特別高貴，特別驕傲。

她總是想不斷的提醒別人，現在她已經是法國名律師梅禮斯的妻子，已經完全脫離了東方人的社會，已經是個高高在上的西方上流人。

她也不斷的在提醒自己，現在她已經是這豪華賭場的老闆娘，已不再是那個在酒吧中出賣自己的低賤女人了。

她女兒就站在她身旁，穿著雪白的曳地長裙。

她一心想將她女兒訓練成一個真正的西方上流人，從小就請了很多教師，教她女兒各種西方上流社會必須懂得的技能和禮節。

所以露絲從小就學會了騎馬、游水、網球、高爾夫，也學會了在晚餐前應該喝什麼酒，用什麼酒來配魚，什麼酒來配牛腰肉。

無論什麼牌子的香檳，她只要看一眼，就能辨別出它出廠的年份。

現在她已長得比母親還高了，身材發育得成熟而健康。

她們母女站在一起時，就像是一雙美麗的姐妹花。

這也是梅子夫人最引爲自傲的，多年來仔細的保護，飲食的節制，使她的身材仍保持著十五年前一樣苗條動人。

再加上專程從法國運來的華貴化妝品，幾乎已沒有人能猜得出她的年紀。

牆壁上掛著的瑞士自鳴鐘，短針正指在「9」字上面。

現在正是賭場裡最熱鬧的時候。

梅子夫人一向喜歡這種奢華的熱鬧，喜歡穿著各式夜禮服的西方高貴男女們，在她的面前含笑爲禮。

她幾乎已經完全忘記了自己貧賤的出身，忘記了那骯髒下流的東京貧民區，忘記了她那另一半黃種人的血統。

只可惜黃種人的錢還是和白種人的同樣好，所以這地方還是不能不讓黃種人進來。

何況她也知道，這地方真正的後台老闆，也是黃種人。

黑豹正是個標準的黃種人。

他額角開闊，顴骨高聳，漆黑的眼睛長而上挑，具備了所有大蒙古民族的特徵。

他身上穿著件深色的紡綢長衫，手裡的鑰匙叮噹作響。

他進來的時候，正是九點十三分。

梅子夫人看著他走進來的，她兩條經過仔細修飾的柳眉，立刻微微皺了起來。

多年來的經驗，使得她往往一眼就能辨別出人的身分。

她看得出進來的這個人絕不是個上流人。

世上若是還有什麼能令她覺得比黃種人更討厭的，那就是一個黃種的下流人。

她看不起這個人，甚至連看都不願意看他，但她卻也不能不承認，這個黃種的下流人遠比很多西方的上流人，更有男人的吸引力。

她只希望她的女兒不要注意這個人，只希望這個人不是來闖禍的。

只可惜她的兩點希望都落空了。

露絲正在用眼角偷偷的瞟著這個人，這個人的確是來闖禍的。

六

要想在賭場裡惹事生非，法子有很多種。

黑豹選擇了最直接的一種。

他總認爲最直接的法子，通常也最有效。

九點十六分。

梅子夫人拉起她女兒的手，正準備將她女兒帶到一個看不見這年輕人的角落去。

可是她忽然發現這個人竟筆直的向她走了過來，一雙漆黑的眼睛，也正在直視著她。

「這人好大的膽子。」

梅子夫人當然不能在這種人面前示弱，她已擺出了她最高貴、最傲慢的姿態。

無論這個人是爲什麼來的，她都準備狠狠的給他個教訓。

賭場中的二十個保鏢，現在正有八個在她的附近，其中還有一個身上帶著槍。

在那時候的黑社會中，手槍還不是種普通的武器。

就算你有天大的本事，也挨不了兩槍的。

梅子夫人已開始在想怎麼樣來侮辱這個年輕人的法子了。

就在這時候，黑豹已來到她面前，一雙漆黑發亮的眼睛，還是盯在她臉上。

梅子夫人昂起了頭，故意裝作沒有看見，就好像世上根本沒有這麼樣一個人存在。

黑豹忽然笑了。

他笑的時候，露出一排雪白的牙齒，就像是野獸一樣。

「你就是梅子夫人？」黑豹忽然問。

梅子夫人用眼角瞟了他一下，盡量表現她的冷淡和輕視。

「你找我？」

黑豹點點頭。

梅子夫人冷笑：「你若有事，爲什麼不去找那邊的印度阿三？」

「我這件事只能找你。」

黑豹又露出了那野獸般的牙齒，微笑著：「因爲我要你跟你女兒一起陪我上床睡覺。」

梅子夫人的臉一下子變得蒼白了，就像是突然挨了一鞭子。

她女兒的臉卻火燒般紅了起來。

黑豹還在微笑著：「你雖然已太老了些，但看來在床上應該還不錯……」

他的話沒有說完。

梅子夫人已用盡全身力氣，一個耳光摑在他臉上。

黑豹連動都沒有動，仍在微笑：「我只希望你在床上時和打人一樣夠勁。」

他說的聲音並不大，但已足夠讓很多人聽見。

梅子夫人全身都已開始發抖，她的保鏢們已開始圍過來。

但黑豹的手更快。

他突然出手，拉住了梅子夫人的衣襟，並且用力扯下……

一件薄紗的晚禮服，立刻被扯得粉碎。

大廳裡發出一陣騷動，梅子夫人那常引以為傲的胴體，已像是個剝了殼的雞蛋般，呈現在每個人的眼前。

她反而怔住了。

她的女兒已尖叫著，掩起了臉。

黑豹微笑道：「你果然沒有讓我失望……」

這句話也沒有說完，三個穿著對襟短褂的大漢，已猛虎般撲了過來。

他們的行動敏捷而矯健，奔跑時下盤依然極穩。

黑豹知道張三爺門下有一批練過南派「六合八法」的打手，這三人顯然都是的。

他突然揮拳，去打第一個衝過來的人。

但突然間，這隻拳頭已到了第二個人的鼻樑上。

也就在這同一瞬間，他的腳又踢上第一個人的咽喉。

鼻樑碎裂，鮮血飛濺。

被踢中咽喉的人連聲音都未發出，就像是隻空痲袋般飛起，跌下。

第三個人的臉突然扭曲，失聲而呼！

「黑豹！」

這兩個字剛出口，他滿嘴的牙齒已全都被打碎，褲襠間也挨了一膝蓋。

他倒在地上，像蝦米般蜷曲著，眼淚、鼻涕、血汗、大小便一起流了出來。

安靜高尚的大廳，頓時亂成一團。

驚呼、尖叫、奔走、暈厥……原來上流人在驚慌時，遠比下流人還要可笑。

已有十來條大漢四面八方的奔過來，圍住了黑豹，手上已露出了武器。

黑豹並沒有注意他們，他只注意著圓柱旁的另一個人。

這人並沒有奔過來，但眼睛卻一直盯著黑豹的胸膛，一隻手已伸入了衣襟。

這隻手伸出來的時候，手裡已多了一把槍。

就算有天大本事的人，也挨不了兩槍的。

黑豹也是人，也不例外。

但他卻有法子不讓槍裡的子彈射出來。

突然間，光芒一閃。

那隻剛掏出槍的手，骨頭已完全碎裂。槍落下。

黑豹突然衝過去，兩個人剛想迎面痛擊，但黑豹的拳頭和手肘已撞斷了他們七根肋骨。

他凌空一個翻身，就像是豹子一樣，一腳踢翻了那個正捧著手流淚的人。

接著，他已拾起了地上的槍。突然間，所有撲過來的人動作全都停頓，每個人臉上都露出恐懼之色。他們不是怕黑豹，他們是怕槍。

黑豹將手裡的槍掂了掂，又露出了那排野獸般的牙齒，微笑著：「這就是手槍？」

他好像從來也沒有見過手槍：「聽說這東西可以殺人的，對不對？」

沒有人回答他的話，沒有人還能說得出話來。

他們只看見黑豹的手突然握緊，那柄德國造的手槍，就漸漸扭曲變形。變成了一團廢鐵。

黑豹又笑了。現在他手裡已沒有槍，可是他面前的人還是沒有一個敢衝上來。他的手比槍更可怕。

他微笑著，向他們慢慢的走過去，手裡的鑰匙又開始「叮叮噹噹」的響。

然後他突然聽見一個人冰冷的聲音：

「這東西的確可以殺人的，你毀了它不但可惜，而且愚蠢。」

黑豹的腳步停頓。他回過頭，就看見一隻漆黑的槍管正對準了他的雙眉之間。

槍在一隻穩定的手裡，非常穩定。撞針已扳開，食指正扣著扳機。

這人的聲音也同樣穩定，冷酷而穩定。

「只要你再動一動，我保證你臉上立刻就要多出一隻眼睛。」

四 手槍、槍手

一

槍也許並不可怕，可怕的是這隻握槍的手，這個握槍的人。

他就坐在那張鋪著綠絨的賭檯後，穿著純黑的夜禮服，雪白的絲襯衫，配上黑色的蝴蝶結，鑽石領針在燈下閃閃的發著光。

他的裝束和別的豪客完全沒什麼兩樣，正是個典型的花花公子。

他的臉色蒼白，眼睛深陷下去，顯然也是因爲太多的酒，太多的女人，太多的夜生活。

可是他的一雙眼睛卻冷得像冰。

他看著你時，無論看多久，都絕不會眨一眨眼睛。

還有他的手。

蒼白的手，指甲修剪得很短，很整齊，手指長而瘦削。

黑豹從未看見過一雙如此穩定的手。

就因爲這雙手，這雙眼睛，黑豹對他說出來的每個字都絕不懷疑。

「只要你動一動，我保證你臉上立刻就要多出一隻眼睛。」

這種人說出來的話，絕不是嚇人的。

黑豹沒有動。

他甚至已可感覺到，自己雙眉之間已開始在冒冷汗。

這人盯著他的臉：「你就是黑豹？」

「是。」

「我在柏林的時候已聽見過你的名字，你的出手確實很快。」

「……」

「但我也可以向你保證，世上最快的，還是從手槍裡射出的子彈。」

「我相信。」

「你最大的好處，就是能相信別人的話。」這人嘴角露出一絲冷酷的笑容：「否則你現在已帶著你的第三隻眼睛下了地獄。」

「我也聽說過你。」黑豹忽然道：「你叫高登，是個在德國長大的中國人。」

「你的消息也很靈通。」

「只有消息靈通的人，才能活得長些。」

高登嘴角又露出那種冷酷的笑意：「你猜你還能活多久？」

黑豹看著他的手。

他的手還是同樣乾燥，同樣穩定。

黑豹忽然笑了：「無論活多久都沒關係，像你我這種人，本就活不長的。」

「我們這種人？」

「你跟我豈非本就是同一類的人？」黑豹的聲音也很平靜：「我們爲別人拚命，爲別人殺人，遲早也有一天，要爲別人死。」

高登的臉上還是完全沒有表情，但深沉的眼睛裡卻似已露出痛苦之色。

梅子夫人已經披上了別人爲她送來的大衣，忽然大聲呼喊：「你爲什麼還不殺了他？你還在等什麼？」

「我高興等多久就等多久。」高登的臉色已沉了下去：「我無論做什麼事的時候，都不喜歡別人多嘴。」

「你知道我是什麼人？」梅子夫人的氣燄又高了起來。

「我當然知道，」高登冷笑：「你是個婊子，雜種的婊子。」

梅子夫人的臉一下子又變成蒼白，全身又開始在發抖。

那種高貴傲慢的態度，現在在她身上已連一點都看不見了。

「我總有一天要你後悔的。」梅子夫人咬著牙：「總有一天。」

高登冷冷道：「我現在就可以要你後悔。」

他突然放下了他的槍，放在桌上。

就在這一瞬間，黑豹的人已像豹子般躍起。

他並沒有向高登撲過去，高登的手，距離他的槍只不過才三寸。

他向露絲撲了過去，一出手，就抓住了這少女的手臂。

露絲尖叫，梅子夫人也在尖叫。

黑豹冷冷道：「你們若想這婊子的女兒活著，就讓開一條路，讓我走。」

打手們還在遲疑，梅子夫人已大叫：「照他說的話做，快讓路。」

黑豹用一隻手挾起露絲，擋在自己面前，倒退著走出去。

「我們放你走，你爲什麼還不放開我女兒？」梅子夫人又在叫。

「六個小時之內，我一定放她回來。」黑豹冷冷道：「所以在這六個小時裡，你們最好乖乖的什麼事也不要做。」

「請等一等，」高登忽然道：「我還有句話要你聽著。」

「我在聽。」

「我先殺了她，還是可以殺你。」高登冷笑著：「我並不在乎多殺一個婊子的女兒。」

「我明白。」

黑豹已退出門，突然翻身，一眨眼就看不見他的人了。

大廳裡突然變得墳墓般寂靜。梅子夫人怔在那裡，這貴婦現在看起來就像是條母狗。打手們一個個垂頭喪氣，已退到角落裡的賭客們，都在後悔今天不該來的。

然後他們又聽見高登冰冷的聲音：「這裡的人既然還沒有死光，爲什麼不賭下去？我還沒有贏夠哩。」

二

田八爺家裡也在賭，賭牌九。

推莊的人是金二爺，他已輸了十萬，嘴裡啣著的雪茄煙灰雖已有一寸多長，卻還是連一點都沒有掉下來。

無論誰都知道，金二爺是個最沉得住氣的人，尤其是在賭的時候，無論輸贏有多大，他都絕不會動聲色。

田八爺是大贏家，當然也很冷靜。

張大帥就不同了。

他也陪著輸了五萬，已開始暴跳如雷，多種罵人的話已一齊出籠。

「我入他娘的皮活兒。」張大帥把手裡的牌往桌上一拍：「又是他奶奶的甏十。」

除了「老八股」碩果僅存的這三位大亨外，還能在旁邊陪著押一押的，就只有三個人。

一位心寬體胖，手上戴著一枚十克拉大鑽戒的，是大通銀行的董事長兼總經理，「活財神」朱百萬。

一位面黃肌瘦但卻長著個大鷹鉤鼻子的老人，是前清的一位遺老，曾經做過江蘇臯台的范鄂公。他是湖北的才子，是晚清的名士，現在卻是金二爺的清客和智囊。

這兩人坐在一起，正是個最鮮明的對照。

還有位穿著極考究，風度極好的外國紳士，正是法國名律師梅禮斯。

他在中國近四十年，中國話說得甚至比有些中國人還好。

除了他們外，其餘的人，只不過在旁邊湊趣而已。

「他奶奶的熊，這一注老子總算押對了吧。」張大帥又把手裡的兩張牌往桌上一拍。

一張天牌，一張人牌。

天槓。

張大帥臉上發出了光，無論怎麼說，天槓都不能算小牌了。

金二爺不慌不忙的也亮出了他的牌。

一張丁三，一張二六。

至尊寶猴王，統吃。

張大帥跳起來，「吧」的一拍桌子，幾乎連桌子都翻了。

他什麼話也不說，拉起旁邊一個十四五歲的小姑娘，就往內房走。

金二爺彈了彈煙灰，微笑著道：「老三還是老毛病不改，一輸多了，就要弄個清倌人開采，沖沖喜。」

「二哥以前難道又是什麼好人？」田八爺笑著道：「但自從有了春姑娘後，二哥倒改了不少，簡直變成了個道學君子了。」

金二爺大笑。

站在他身後，那波斯貓一樣的美麗女人，也紅著臉笑了。

她笑起來的時候，玫瑰般的面頰上，一邊露出一個深深的酒渦。

這時候大廳外走進一個穿著白制服的僕役來，在梅禮斯的耳朵旁悄悄說了兩句話。

這位名律師告過罪後，就跟著他走了出去。

等到再進來的時候，這位在法庭上一向以冷靜著稱的律師，竟像是變成了另一個人。

他沒有在賭檯旁停留，就立刻衝入了後面專門爲客人準備的內房。

金二爺看在眼裡，臉上不禁露出得意的微笑。

他知道黑豹的任務一定已成功了。

三

英國名牌的勞斯洛埃斯汽車，在駛得最快的時候，車上的人唯一能聽到的聲音，也只有時鐘的「嘀嗒」聲——這是汽車廠的豪語，也是事實。

露絲蜷曲在車廂的一角，身子雖然還在發抖，臉上的淚卻已乾了。

汽車是她父親的，車上的司機卻已換了個陌生人。

就算在這最繁華的大都市裡，這種名牌汽車也只有兩部。

事實上，這種汽車全世界也沒有幾輛。

這本是她常常覺得自傲的，但現在她卻希望這是輛老爺車，希望別人能追上來。

黑豹斜倚在車廂另一邊，冷冷的看著她。

只看，不說話。

他本就是個不喜歡多說話的人。

露絲正咬著嘴唇，所以她蘋果般的面頰上，也露出了兩個深深的酒渦。

黑豹正在看著她的酒渦。

「你……你究竟準備要把我怎麼樣？」露絲終於忍不住問。

她說的中國話也和她父母同樣標準，但黑豹卻好像聽不懂。

過了很久，他才慢慢的回答：「我要帶你到一個安全而秘密的地方去。」

「然後呢？」露絲可以聽見自己的心在跳。

黑豹還是在看著她的酒渦，一個字一個字慢慢的回答：「然後我就要強姦你！」

一位像露絲這樣的千金小姐，聽到「強姦」這樣兩個字，就算不嚇得立刻暈倒過去，也要大叫起來。

但露絲的反應卻很奇怪。

她連一點反應都沒有，只是靜靜的坐在那裡，看著黑豹。

車廂裡很暗。

在暗影中看來，黑豹就像是一個用大理石雕刻出的人像。

他臉上的輪廓鮮明而突出。

「你用不著強姦我。」露絲忽然說。

黑豹的臉上雖然仍不動聲色，可是顯然也覺得很奇怪。

「我並不是你想像中的那種千金小姐，十五歲的時候，我已有過男人。」

她看著黑豹臉上的表情，忽然笑了，笑得很甜，臉上的酒渦更深：「所以你根本用不著強姦我，因爲我本來就喜歡你，只要你叫前面的司機下車，在車上我就可以跟你……」

她忽然停住了嘴。

因爲她發覺黑豹的反應也很奇怪。

別的男人聽了她的話，縱然不覺得受寵若驚，也一定會很愉快的。

但黑豹臉上卻突然露出種近於瘋狂般的憤怒表情，眼睛裡也像是有火燄燃燒了起來。

「原來你也是個婊子，是條母狗，隨便跟哪個男人你都肯上床？」

他的聲音低沉而嘶啞，就像是野獸從喉嚨裡發出的憤怒吼聲。

露絲看著他，淺藍色的眼睛已露出驚訝恐懼之色。

她一向對男人很有把握。

但是她實在弄不懂這個男人，也不懂他爲什麼會突然變得如此憤怒。

她盡量控制著自己，勉強露出笑容：「我當然要選男人，可是，像你這種男人，每個女人都會喜歡的。」

「你喜歡我？」

「嗯。」

「你肯不肯永遠跟著我？」

「當然肯。」露絲連想都不想，就立刻回答，現在她只希望能好好脫身。

誰知黑豹卻瘋狂般的跳起來，重重的一個耳光往她臉上有酒渦的地方摑了過去。

「你說謊，你這條只會說謊的母狗，我要殺了你，叫你再也不能騙人。」

他怒罵、狂毆，拳頭雨點般落下，這冷靜的人竟似已變得完全瘋狂。

露絲驚呼、尖叫、掙扎，到後來卻已連呻吟都發不出來。

她美麗的臉已被打得扭曲變形，鮮血不停流下來。

昏迷中，她感覺到自己的衣襟被撕開，感覺到冷風從車窗外吹上她赤裸的乳房……

露絲醒來時，發現自己已來到一個陰暗的貨倉裡，身子幾乎是完全赤裸的。

黑豹就坐在她對面，坐在一隻木箱上。

他動也不動的坐著，臉上又變得全無表情，似已完全麻木。

可是他那雙漆黑深沉的眼睛裡，卻充滿了一種無法描敘的痛苦之色。

他侮辱毆打了別人。

但他的痛苦，卻似比被他侮辱毆打的人更深。

四

牌九還在繼續著。

金二爺已由大輸家變成了大贏家。

就在他第三次統吃的時候，張大帥突然從裡面衝出來，推開了坐在天門上的朱百萬，兩隻大手撐著桌子，瞪著金二爺大吼：「你知不知道你的人做了什麼事？」

「你說的是誰？」金二爺還是不動聲色。

「黑豹！那狗養的黑豹。」

「他做了什麼事？」金二爺在皺眉。

「他砸了我的賭場！殺了我五個人！」張大帥大吼：「還綁走了梅律師的女兒。」

「砸了你的賭場？」金二爺搖搖頭，不以為然：「你的賭場，就是我們的賭場，我相信他絕沒有這膽子走動的。」

「他砸的是我在法租界新開的那一家！」張大帥的脾氣一發，就什麼都不管了。

金二爺卻露出很吃驚的表情：「那是你的賭場？我們怎麼會不知道？」

張大帥怔住了。

金二爺又在嘆息：「連我們都不知道，他當然更不會知道，所以你也用不著生太大的氣，我叫他去跟你賠禮就是。」

「賠禮？」張大帥握緊拳頭，重重一拳打在桌子上：「我要他賠個鳥禮？我要他的狗命！他若跑得了，我就不姓張。」

他衝出去，又轉回頭：「這件事你最好不要管，免得傷了我們兄弟的和氣。」

金二爺還是在嘆息。

梅禮斯看了看他，想說什麼，又忍住，終於也跟著衝了出去。

客人們和女人都知趣的離開了。

大廳裡只剩下四個人。

金二爺坐在那裡，猛抽雪茄。

田八爺背負著雙手，在前面踱方步。

朱百萬掏出塊雪白的手帕，在不停的擦汗。

范鄂公半閉著眼睛，蹺著腳，彷彿正在推敲著他新詩的下一句。

牆上的自鳴鐘突然響起，敲了十一下。

十一點正。

「這件事你究竟想管，還是不想管？」田八爺忽然停下腳步，站在金二爺面前。

「你看呢？」金二爺反問。

田八爺沉吟著：「我實在想不到老三竟會勾結外國人，偷偷的去做生意。」

「他的開銷大。」金二爺淡淡的說，面前迷漫著雪茄的煙霧。

「他的開銷大？誰的開銷小了？」田八爺顯得有點激動：「何況我們總算是磕過頭的兄弟，『有福同享，有禍同當』，這句話他難道忘了？」

「聽說那家賭場的生意不錯，梅律師那輛名牌車也是新買的，」金二爺笑了笑，又嘆了口氣：「那種車連我都坐不起。」

田八爺冷笑，不停的冷笑。

范鄂公瞇著眼睛，忽然曼聲低吟：

「害人之心不可有，防人之心不可無，先下手的爲強，後下手的遭殃。」

金二爺立刻搖頭：「老三的脾氣雖然壞，但我想他總不至於拿我們開刀的。」

范鄂公端起杯白蘭地淺淺的啜了一口，悠然道：「李世民若也像你這麼想，他非但做不了皇帝，只怕早已死在他兄弟手裡。」

這位湖北才子，對歷史和考據都相當有研究的。

金二爺不說話了。

田八爺又停下腳步：「我認爲鄂老的話，絕不是沒有道理的。」

「你的意思怎麼樣？」金二爺自己好像連一點主張都沒有。

田八爺也不說話了，這件事的關係實在太大，他也不願挑起這副擔子。

范鄂公卻很明白金二爺的意思，一個人要做大亨們的清客上賓，並不是件容易事。

他又慢慢的啜了口白蘭地：「射人先射馬，打蛇就要打在七寸上。」

「張老三的七寸在哪裡？」金二爺忽然問道。

范鄂公笑了笑，笑得就像是條老狐狸。

「他的人現在在哪裡？」

「想必是去追黑豹了。」金二爺道。

「他會不會一個人去？」

「當然不會。」

誰都知道黑豹是個很不容易對付的人，要想制他的命，就得動員很大的力量。

「現在他既然已盡出精銳去追黑豹，他自己根本的重地必已空虛。」

金二爺看著田八爺，兩個人眼睛裡都發出了光。

「率眾輕出，已犯了兵家大忌，這一戰他已必敗無疑。」

范鄂公將剩下的小半杯白蘭地一飲而盡，倏然笑道：「老朽既不能追隨兩位上陣破敵，只有在這裡靜候兩位的捷報了。」

五

十一點十分。

賭場裡依舊燈火輝煌。

但是這本來衣香鬢影，貴客雲集的地方，現在卻已只剩下一個人在賭。

高登。

他的夜禮服還是筆挺的，襯衫上連一點灰塵都找不到。

他臉上也還是完全沒有表情，一雙手還是同樣穩定而乾燥，右手距離他的槍，還是只有三寸。

現在他已換了張賭檯，正在押單雙。

梅子夫人坐在角落裡一張十九世紀的法國靠椅上，手裡捧著杯咖啡，在發怔。

她那雙淺藍色的，美麗而靈活的眼睛，現在彷彿已變成了一雙死魚的眼睛，既沒有生氣，也沒有表情。

只有她那雙纖秀美麗，指甲上染著玫瑰色蔻丹的手，還在不停的發抖，抖得杯子裡的咖啡，都幾乎要濺出來。

沒有人開口，連呼吸聲都很輕。

大廳裡只能夠聽得見偶爾響起搖骰子的聲音，還有莊家那呆板而單調的吆喝聲：「十一點，大，單……」

高登面前的籌碼似已比剛才高了些。

的。

十一點十三分。

張大帥突然旋風般衝了進來。

除了梅禮斯，他身後還跟著六個人。

緊貼在他身後的兩個日本人，濃眉細眼，身材很矮，肩膀卻很寬，整個人看起來就像是方的。

但他們的行動卻很敏捷，很矯健，身上穿著寬大的和服，腰上繫著黑帶。

梅子夫人看到她的丈夫，立刻起來，倒在他懷裡，哭得像是個淚人兒。

她丈夫就輕撫著她的柔髮，用各種話安慰她，法國人本就是最溫柔最多情的。

張大帥不是法國人，而這一輩子從來也不懂得憐香惜玉。

他的濃眉已打了個結，終於忍不住破口大罵：「他奶奶的熊，哭個什麼鳥？咱們是來辦正事的，不是來看你女人撒嬌的。」

梅子夫人的哭聲果然立刻就停住，她也發現現在不是撒嬌的時候，而且她對這個蠻不講理的黃種人，也覺得有點畏懼。

直到現在，她才真正領教過黃種人的威風。

梅禮斯這才開始問，黑豹是怎麼來的？怎麼走的？往哪條路走的？

梅子夫人斷斷續續的說著，還不時用白眼狠狠的去瞪高登。

高登還在賭。

除了面前的籌碼外，他眼睛裡好像什麼都看不見。

梅禮斯的臉色卻已變得鐵青，忽然衝到張大帥面前，指著高登：「這個人是你請來的？」

張大帥點點頭。

「他不但放走黑豹，而且侮辱了我妻子。」梅律師用他在法庭中面對著法官的神情說：「我要求公道。」

「公道？」張大帥又皺起了眉：「什麼公道？」

梅禮斯的聲音更響亮：「我要求你懲罰他。」

張大帥沉吟著：「殺了他好不好？」

梅禮斯閉著嘴，死罪雖然太重了些，可是在這種情況下，他並不反對。

「叫誰去殺他呢？」張大帥彷彿又在考慮，忽然從懷裡掏出一把槍，拋給梅禮斯道：「這是你的事，聽說你的槍法也很準，你自己動手最好。」

梅禮斯看著手裡的槍，怔住了。

他的確練過射擊，在五十碼以內，他隨時可以擊中任何靶子。

但這個人絕不是靶子。

這個人的習慣是將別人當做靶子。

現在他雖然連看都沒有抬頭看一眼，但他的手距離他的槍才三寸。

梅禮斯看了看這個人，又看了看手裡的槍，他的手已開始發抖，手心已開始流汗。

張大帥瞪著他，冷冷道：「槍就在你手裡，人就在你面前，你還等什麼？」

梅禮斯輕輕咳嗽了幾聲，把手裡的槍慢慢的放在旁邊桌子上。

「我是個律師，我懂得法律，」他掏出塊手巾在擦汗：「我不能殺人。」

「是不能？還是不敢？」

張大帥突然大笑，大笑著走到高登面前：「老弟，輸贏怎麼樣？」

「贏得還不夠。」高登總算抬頭看了他一眼。

「贏了多少？」

「五萬五。」

「你想贏多少？」

「十萬。」

張大帥忽然捲起衣袖：「老弟，咱們來賭一把怎麼樣？」他推開了那做莊的：「一把見輸贏，我輸了，你就贏了十萬，你輸了，就算你活該。」

高登笑了。

其實那也不能算真的在笑，只不過嘴角露出了一絲笑意。

「好。」他連想都沒有想。

「咱們來推牌九。」張大帥也跟真的張大帥一樣，喜歡吃狗肉——吃狗肉的意思就是推牌九。

也許他本來就是特地在模仿那位狗肉將軍。

「好。」高登還是一點考慮都沒有。

立刻就有人送來一副象牙牌九。

張大帥將三十二張牌九都翻過去：「你隨便選兩張，再選兩張給我。」他大笑道：「俺是個痛快人，要賭也賭得痛快。」

牌已分好。

大廳彷彿忽然又變成了墳墓，每個人連呼吸都已停頓。

他們雖然已見慣了一擲千金無吝色的豪賭客，但五萬一把的輸贏實在太大。

高登隨隨便便的將手裡兩張牌看了看，就翻過來，擺在桌上。

一張丁三，一張雜八。

只有一點。

張大帥大笑：「老弟，看樣子你這一手只怕是輸定了。」

高登還是在微笑，一雙手仍然同樣穩定乾燥。

這個人的神經就像是鋼絲。

張大帥「吧」的，將手裡兩張牌一拍，合起，再慢慢的推開。

他臉上的笑漸漸凍結。

「他奶奶的熊。」張大帥又重重的把手裡的兩張牌往桌上一拍，覆蓋在桌上：「又是他奶奶的臭鱉十，連一點都贏了。」

高登看著他，什麼話都沒有說。

「老弟，這一次算你的運氣好。」張大帥嘆了口氣：「但是俺還是不服氣，改天咱們再來賭，只可惜今天……」

他忽然壓低聲音，又道：「今天不是俺怪你，你爲什麼要放那黑小子走呢？」

高登淡淡道：「我隨時都可以殺了他，我爲什麼要著急？」

「咱們現在就去做了他怎麼樣？」

「我是你請來的。」高登已慢慢的站了起來，手一動，桌上的槍已不見了。

張大帥又大笑：「把高老弟贏來的錢送到他飯店房間去，咱們現在就要去打獵了。」他又挺起了胸：「入你娘的皮活兒，這次我看那條黑豹子還他奶奶的能往哪裡跑！」

張大帥又帶著他的人，旋風般走了。

一個掃地的老頭子，剛才也在旁邊看著那場豪賭，他實在不相信天下有那麼倒楣的事。

「三十二張牌，他怎麼會偏偏就拿了副鱉十？」

老頭子實在不信，他忍不住將張大帥剛才那兩張牌翻開來看了看。

一張天牌，一張梅花。

兩點雖然不能算大，但贏一點已足足有餘。

老頭子看著這兩張牌，怔了半晌，才嘆了口氣，喃喃自語：「誰說張大帥是個大老粗，我看他簡直比金二爺還精明。」他搖著頭，嘆息著：「誰若將他當做大老粗，不栽在他手裡才是怪事。」

現在正是十一點三十分。

「到哪裡去找那條豹子？」

「他跑不了的。」

「為什麼？」

「他不該坐那輛汽車走的，那種汽車無論走到哪裡，都難免要引人注意。」

張大帥的確不是大老粗，否則他今天也就當不了張大帥了。

這道理金二爺應該明白的。

黑豹也應該明白。

六

「問問看，有誰看見了那輛銀灰色的四門英國轎車沒有。」

張大帥說話的聲音雖不高，但卻已響徹這大都市。

十一點三十三分。

金冠夜總會門口的門童小李報告：

「那輛車子大概是一個多小時前經過的，往霞飛路那方向急駛過去。」

十一點三十六分。

霞飛路旁擺水果攤的劉跛子報告：

「我本來沒有注意那輛車子的，但是，忽然聽見車上有女人尖叫，等我注意時，車子已轉向江濱大道。」

十一點四十一分。

江濱大道碼頭上的老王報告：

「一個多鐘頭前，的確有那麼輛車子經過，開得很快，車上有種很奇怪的聲音發出，好像有人在打架。」

十一點四十五分。

在江濱大道十字路口上站崗的巡警報告：

「車子是往虹橋那邊去的，車上有人，但我卻沒聽見什麼聲音。」

十一點四十六分。

張大帥特製的大型轎車裡。

「虹橋。」張大帥沉吟著：「虹橋那邊有什麼可以躲藏的地方？」

梅禮斯不停的搓著手，眼睛裡忽然發出了光。

「一定是以前在那裡堆私貨的貨倉，自從出過一次事後，就一向空著在那裡。」

張大帥用拳頭重重一敲膝蓋。

「直開虹橋貨倉。」

十一點四十八分。

五輛漆黑轎車，往虹橋急駛而去。

車上除了張大帥、梅禮斯、高登和那兩個日本柔道武士外，還有張大帥門下二十四條最能打的好漢。

其中有九個是南派「六合八法」的高手，十個善使斧頭的能手。

另外四個練的卻是北派譚腿，每個人據說都能橫掃三根木樁。

七

十一點四十八分。

波波已睡熟。

她枕頭旁有黑豹替她買來的一大堆零食和小說。

五 火併

一

昏黃的燈光，從貨倉的天窗上斜斜照進來。

露絲蜷曲在貨倉的角落裡，想偷偷看一看她的瑞士名牌手錶。

錶卻已停了，錶停的時候是十點十分。

現在是什麼時候了？

露絲想問，又不敢問。

她臉上的血雖已乾了，但左眼卻已腫得連張都張不開來，鼻樑似也有些歪了。

只要垂下眼，她就可以看到自己的嘴，本來的櫻桃小口，現在也已腫得很高。

而且她全身都在發疼，身上每一根骨頭都好像打散了。

可是她最關心的，還是自己的臉，她不知道自己的臉已被打成什麼樣子。

她連想都不敢想。

黑豹還是動也不動的坐在那裡，黝黑陰沉的臉上，全無表情。

「他在想什麼？他究竟想把我怎麼樣？」

露絲當然更不敢問。

她又希望她父親和那很有力量的朋友，能找到這裡，救她出去。

他們現在爲什麼還不來呢？

「現在一定已經快天亮了。」

在露絲的感覺中，每一分鐘好像都有一個鐘頭那麼長。

她不由自主又偷偷看了看她那早已停了的錶。

「現在還不到十二點。」黑豹忽然道。

還不到十二點？時間爲什麼過得如此慢？

從那燈火輝煌的賭場，到這陰森潮濕的貨倉，簡直就好像從天堂墮入地獄一樣。

露絲簡直不敢相信這是真的事，只希望這不過是場噩夢。

但這場噩夢到什麼時候才能醒呢？她忍不住偷偷嘆了口氣。

「你放心。」黑豹忽又笑了笑，笑得很奇怪：「很快就會有人來救你的。」

露絲不敢相信。

「他們雖然找不到我，卻能找到那輛汽車。」黑豹淡淡道：「那輛汽車就停在外面。」

露絲終於忍不住問：「你……你難道故意要他們找到這裡來？」

黑豹冷笑。

「你難道想用我來要脅他們？」

黑豹還是在冷笑。

露絲眼睛裡忽然充滿希望：「只要你肯放了我，無論你要多少錢，我父親一定會付的。」

黑豹看著她，冷冷的道：「你自己覺得自己能值多少？」

「我……」露絲說不出來。

世上又有誰能真正瞭解自己的價值？

「以我看，你只不過是條一文不值的母狗，」黑豹冷笑，道：「我若是你老子，我連一毛錢都不會付的。」

「我自己也有錢，我可以帶你去拿，可以全部給你。」

「你有多少？」

「有一萬多，都是我的私蓄。」

「不是別人嫖你時給你的？」

露絲實在忍不住了，大聲道：「我若不高興，別人就算付我十萬，也休想動我一根手指。」

黑豹突然大笑，笑得幾乎已接近瘋狂。

露絲吃驚的看著他，她已發現這男人一定受過很大的刺激。

這種男人是什麼事都做得出來的——就跟那些受過很深刺激的女人一樣。

他們往往連自己都無法控制自己。

露絲的身子不由自主又在往後縮。

黑豹的笑聲突然停頓，突然跳起來，一把揪住她的頭髮，厲聲問：「外面是什麼人？」

其實外面並沒有什麼聲音。

汽車馬達很遠就熄了火。每個人走過來時的腳步都很輕。

他們已看見了那輛停在暗巷裡的車子，所以都特別小心。

但黑豹卻似有種野獸般的第六感，他們還沒有走到門外，就已被發覺。

「這小子好長的耳朵。」張大帥冷笑：「但只要他的人在裡面，無論他有多長的耳朵，我都要割下來，連他的腦袋一起割下來。」

「這可能是個圈套，」旁邊有人在說話：「說不定金二爺已經在裡面埋伏了人。」

他的話還沒有說完，張大帥就一口痰唾了過去，道：「入你娘的皮活兒，你他奶奶的以爲老子真是個大老粗？」

「大帥早已調查過了，金二爺得力的人都在原來的地方沒有動，就算有幾個小嘍囉在這裡，也濟不了事的。」又有人在解釋。

「但黑豹卻是金二爺的親信，大帥若真的幹了他，金二爺難免要生氣的。」

這人叫張勤，不但是張大帥的親戚，而且從「老八股黨」開始的時候，就跟著張大帥。

他臉上被唾了一口痰，連擦都不擦，還是忍不住要將心裡的話說出來。

只要有張大帥的一句話，就算要他割下腦袋，他也不會皺一皺眉頭。

這種人在「上流社會」中雖少見，但在江湖中卻有不少。

「我入你娘的，你老子怕過誰？」張大帥嘴上雖在罵，心裡卻對這個人喜歡得很。

他罵得越兇的人，往往就是他越喜歡的人。

「大帥其實早就想動金二爺了，現在這正是個好機會。」旁邊又有人在悄悄解釋：「只要黑豹一死，金二爺就等於斷了一條膀子，他若能忍住這口氣倒還罷了，若是忍不住，嘿嘿——大帥只怕馬上就要他的好看。」

張勤不再說話，他終於明白了。

他本來就在奇怪，張大帥怎麼會爲了梅律師的女兒動這麼大的火氣。

現在他才明白，張大帥這只不過是在借題發揮，先投個石子問問路。

張勤忍不住在心裡嘆了口氣，江湖中這些勾心鬥角的勾當，他實在不太懂。

他已下了決心，只要張大帥這件事一辦妥，他就回家去啃老米飯。

「黑豹，你聽著，只要你放我女兒出來，我們什麼事都好談。」梅禮斯關心女兒，終於忍不住大聲呼喊了起來。

過了半分鐘，貨倉中就傳出了黑豹的聲音：「先談條件，再放人。」

「什麼條件？」

「這條件一定要張三爺自己來談，他可以帶兩個人進來，只准帶兩個人，不准多。」

「我入你娘的，老子幾時跟別人談過條件！」張大帥又開口罵了。

「不談條件，我就先殺了她！」黑豹的聲音又冷又硬。

梅禮斯連眼睛都紅了，拉起張大帥的手：「我只有這麼樣一個女兒，我一向是你的朋友，你救了她，以後我什麼事都可以替你做。」

張大帥終於跺了跺腳：「好，我就聽你的，高老弟，你跟我進去。」

梅禮斯搶著道：「還有我。」

「你沒有用，」高登冷冷道：「你進去反而成了累贅。」

梅禮斯想瞪眼，卻垂下了頭。

一個人在求人的時候，無論受什麼樣的氣，都只好認了。

那兩個日本人忽然同時搶前一步，拍了拍自己的胸膛。

他們雖然聽得懂一點中國話，卻不會講。

這兩人一個叫野村，一個叫荒木。

張大帥選了荒木。

高登卻又搖了搖頭。

「他也不行？」張大帥忍不住問。

「他雖然是柔道高手，到時候卻未必肯真的替你賣命。」

「你選誰？」

高登轉過頭，去看張勤：「這些人裡面只有他對你最忠實。」

張勤目中不禁露出了感激之色，右手已撤下了插在腰帶上的斧頭。

張大帥突然大笑，拍著高登的肩：「想不到你非但槍法準，看人也很準。」

二

貨倉的大門並沒有上門。

張勤輕輕一推，門就「呀」的一聲開了。

門裡陰森而黝暗，只能夠看到一堆堆零亂的空木箱。

張勤右手緊握著斧頭，左手拿著根手電筒。

可是他並沒有讓電筒亮起來，他怕電筒一亮，黑豹更不肯現身了。

無論如何，他總算也是個老江湖。

「黑豹。」張大帥的火氣又將發作：「你連面都不敢露，還跟老子談什麼鳥條件？」

這句話剛剛說完，黑暗中就響起黑豹那冷冰冰的聲音。

「我一直在這裡，你爲什麼不抬起頭來看看！」

聲音是從上面傳下來的。

張大帥一抬頭，果然立刻就看見了黑豹站在一堆木箱上。

手電筒的光也亮了起來。

光柱並沒有照著黑豹，卻照在一個赤裸裸的女人身上。

她曲線玲瓏的軀體，在燈光下看來，更令人心跳加快。

張勤的心在跳，不由自主將電筒熄了。

他畢竟是個老實人。

「滾下來。」張大帥怒吼：「老子不喜歡別人站在老子頭上跟老子談條件。」

「我要說的話，就在這裡說。」黑豹冷冷道：「你可以不聽。」

「你有話快說，有屁就快放。」張大帥居然忍住了氣。

「你上當了。」黑豹在冷笑。

「上當，上什麼當？」

「你以為這件事真是我自己幹的？」

「不是？」

「金二爺叫我誘你到這裡來，而且算準了你一定會來。」

張大帥這次居然沒有插嘴，讓他說下去。

「你既然親自出馬，就一定會將你手下的好手全都帶來。」黑豹的聲音很冷靜：「金二爺就可以一下去搗破你的老窩，先讓你無家可歸，再讓你無路可走。」

張大帥的濃眉又打了個結：「我入你娘，你他奶奶的是不是想挑撥老子兄弟？」

黑豹冷笑。

「這些話你本來不必告訴老子的。」張大帥忍不住又道。

「我告訴你，只因爲我也上了當。」

「你上了什麼鳥當？」

「他本來答應支援我的，但現在我卻一個人被困在這裡。」

他的臉在陰影中，根本看不見他臉上的表情，可是他那雙發亮的眼睛裡，的確帶著種被騙了的痛苦和憤怒之色。

張大帥盯著他，顯然還是不太相信。

「我坐那輛車子，就是要引誘你們追到這裡來。」

「這也是金二爺的主意？」

黑豹點點頭：「我既然知道你們要來，爲什麼還要在這裡等？」

「這個人雖然有點愚蠢，卻絕不是呆子。」高登忽然道。

「這世上並沒有真的呆子。」黑豹冷笑著說：「我在這裡等，只因爲我相信金二爺絕不會出賣我。」

「那老小子有時連他的祖宗都會出賣。」張大帥好像忽然變得在幫黑豹說話了。

「你在爲別人賣命時，卻被那個人出賣了，這種滋味實在不好受。」

黑豹說的這句話，張大帥並沒有聽。

他在張勤耳畔吩咐：「叫荒木帶十八個人趕回去。」

「這裡呢？」張勤問。

「這裡有高登一個，已可抵得上十個。」

黑豹還在繼續往下說：「不管他姓金也好，不姓金也好，只要他騙了我，就得付出代價。」

張大帥這才問道：「你想報復？」

「只要你給我機會，讓我走！」

張大帥沉吟著：「我不但可以給你機會，還可以給你五萬塊。」

在談這種事的時候，他那些罵人的話，忽然全都聽不見了，神情也變得非常嚴肅：「只要你真的肯替我去做了金老二，你要求的條件，我全都可以答應。」

「你肯先放我走？」

「當然。」張大帥道：「但你也得放了這女人。」

「你還得給我輛車子。」

「行。」

黑豹的眼睛更亮了：「一言爲定？」

「閒話一句。」

「好，你退後三步，我就下來。」黑豹的人已開始動，手裡的鑰匙立刻響了起來。

張大帥立刻退後了三步，卻乘機在高登耳畔輕輕說了八個字：「先殺女人，再殺黑豹！」

三

十二點一分。

在霞飛路後面的高級住宅區，有一棟面積很大的三層樓花園洋房。

壁上的大鐘剛敲過十二響，忽然有六輛轎車，急駛而來，停在門外。

下車按鈴的是金二爺的司機老劉。

老劉的臉是張公館每個人都認得的。

本來門禁森嚴的張公館，鐵柵大門立刻開了。

金二爺背負著雙手，慢慢的下了車：「你們的三爺呢？」

「三爺不是跟二爺一起在田八爺家裡喝酒麼？」應門的陳大麻子覺得很奇怪。

陳大麻子也是張大帥手下的老人了，一柄斧頭也曾劈死過不少跟「老八股黨」作對的人，若不是因爲好酒貪杯，也不會屈爲門房。

若不是因爲他雖然好酒，卻很忠誠可靠，張大帥也不會要他做自己老窩的門房。

金二爺吸了口雪茄，慢慢的噴出來：「我跟他早就分手了，他怎麼還沒回來？」

陳大麻子當然也不知道。

他正想開口，忽然一陣刺痛。

劉司機手裡剛抽出來的一柄刀，已刺入了他左胸旁第三根肋骨和第四根肋骨之間。

那裡正是距離心臟最近的地方。

陳大麻子連一聲慘呼都沒有發出來，就倒了下去，倒下去後，嘴角才開始沁出鮮血。

他的眼睛並沒有閉起來，一雙凸出的眼珠子，還在瞪著金二爺。

金二爺卻再也沒看他一眼，噴出了一口雪茄煙，揮手道：「先搜三樓上二姨太臥房裡的保險箱，若有人擋路的……」

他沒有說下去，只做了個手式。

這手式的意思就是：「格殺勿論！」

四

「先殺女人，再殺黑豹！」

高登的手已經滑入晚禮服的衣襟，指尖已觸及了槍柄。

他的手指比槍還冷。

直到現在，他才真正看清了張大帥這個人。

他不願為這種人做任何事，可是他們之間的「合約」卻必須遵守。

槍手也有槍手的規矩。

黑豹已挾著露絲從木箱上跳下來。

露絲已暈了過去，所以她死的時候並沒有痛苦。

「砰」的，槍聲一響，子彈已貫穿了她的眉心，射入她大腦內。

高登的槍是絕不會落空的。

張大帥眼睛裡露出滿意的表情，他的錢花得並不冤枉。

他已看出黑豹絕對沒法子用一個死人來作盾牌，高登的槍再一響，黑豹就得倒下去。

但是槍聲並沒有再響。

就在第一響槍聲過後的那一剎那間，只聽「叮」的一聲，一把鑰匙已經插入了高登的槍管，子彈已射不出來了。

幾乎也就在這同一剎那間，黑豹的人突然豹子般衝起，一竄三丈，撲向張大帥。

張大帥的江山也是用血汗拚出來的。

他並不是個反應遲鈍的人，多年來養尊處優的生活，顯然已使得他肌肉漸漸鬆弛。

但他的動作還是很快。

黑豹的身子一衝起，他已翻身衝出去，一面伸手拔槍。

但他的槍已在賭場中交給了梅禮斯，現在還擺在賭場的那張桌子上。

他的手掏空，掌心已捏起一把冷汗。

就在這時，他只能感覺到黑豹身子撲過來時，所帶起的風聲。

他忽然發覺自己的行動已遠不及昔日迅速，忍不住失聲大呼：「野村——」

外面果然有個人拚命衝了進來，但卻不是野村。

鋒利的斧頭寒光一閃，直劈黑豹，來拚命的果然還是張勤。

他的斧頭已剁向黑豹的膝蓋。

黑豹忽然凌空大喝，身子突然一翻。

喝聲中，張勤只看見黑豹的腿突然向後踢出，一雙拳頭卻已像鐵鎚般擊在他鼻樑上。

他甚至可以感覺到他的鼻樑碎裂時的那種痛苦和酸楚，也可以感覺到眼淚隨著鮮血一起流出來。

但他再也不能感覺到別的事了。

黑豹的身子落下時，腳已踢在他咽喉上。

他倒下去的時候，手裡還是緊緊的握著他的斧頭。

暈眩中，他彷彿已回到了他的老家，正和他少年時已娶回家的妻子，坐在他們那老屋的門口，啜著杯苦茶，眺望著西天艷麗的晚霞……

他本該早些回去的。

也許他這種人根本就不該到這種大都市。

高登看著手裡的槍，似乎在發怔。

槍管上竟已有了裂痕，這一把鑰匙的力量好大！

黑豹一腳踢飛張勤，忽然轉過臉，露出雪白的牙齒向他一笑，道：「我欠你一次情，現在已經還給你了。」

高登冷冷的看著他。

「我只有一件事想告訴你。」他的臉上還是完全沒有表情：「一個真正的槍手，身上絕不會只帶著一柄槍的。」

他的左手裡忽然又多出一柄槍。

黑豹彷彿一怔，但他的人已撲了出去。

外面的情況已完全改變。

張大帥衝出來時，已發覺情況改變。

加上司機，他本來還有十三個人留在外面。

這十三個人全都是經歷過無數次血戰的打手，都曾經替他賣過命。

他帶在身旁的，本就是他部屬中最忠實、最精銳的一批人。

雖然他大部分契約、股票和秘密文件都在他三樓上那個德國製的保險箱裡，但他的命畢竟還是比較重要些。

可是他出來的時候，外面這塊空地上，竟多出了二十個人。

二十多個穿著黑色短褂，用黑巾蒙著臉的人。

他們手上都拿著刀。

不是這地方黑社會中常用的小刀，而是那種西北邊防軍使用的鬼頭大刀。

抖。

刀柄上還帶著血紅的刀衣。

張大帥又驚訝，又憤怒。

這二十幾柄大刀已將他的人包圍住。

「你們是什麼人?幹什麼來的?」他的驚訝顯然還不及恐懼深，所以他的聲音已有些發抖。

沒有人回答他的話。

他的話現在已不值得重視，何況這句話根本就不值得答覆。

然後他就聽見黑豹在身後冷笑：「現在你是不是還想跟我談談條件?」

張大帥霍然轉身，盯著他：「他們是你的人，還是金老二派來的?」

「這一點你根本不必知道。」黑豹的背貼著牆，他還是不想在背上挨一槍。

「無論他們是誰的人，都一樣可以殺你!」

張大帥長長吸進一口氣，冷笑道：「要殺我只怕還不容易。」

「你想試試?」黑豹的聲音冷酷而充滿自信。

「你要什麼條件才肯讓我走?」張大帥很迅速的就下了決定。

他本來就是個很有決斷的人。

「只有一個條件。」

「你說。」

「跪在我面前磕三個頭。」

張大帥的臉色變了，突然大喝：「野村。」

那日本人雖然也有點恐懼，但日本武士道的精神已在他心裡根深蒂固。

他立刻向黑豹撲了過來。

黑豹笑了。

他雪白的牙齒在黑暗中看來更像是個噬人的野獸，他招了招手，踏上三步。

「來罷，我早就想領教領教你們這些日本人究竟有多大的本事！」

他剛招手，這日本人突然間已搭住了他的手腕，他的人忽然間已被掄了出去。

高登站在黑暗的陰影中。

他看著梅禮斯奔進來，抱著他女兒的屍體，無聲的流著淚。

法國人也是人。

血，畢竟是比水濃的。

高登又轉過臉，去看外面的情況，他恰巧看見黑豹被掄了出去。

黑豹的頭，眼看已快撞上貨倉屋頂的角。

那日本人看著他，臉上已不禁露出了得意的微笑。

誰知黑豹的腳突然在屋角上一蹬，身子已凌空翻了過來。
沒有人能形容出他這種動作的矯健和速度。
野村臉上的笑容突然凍結，幾乎不能相信自己的眼睛。
可是他也不能不信。
忽然間，黑豹的人已像豹子般地向他撲了過來，左肘曲起，右拳半扣。
野村雖然吃驚，但一個像他這樣的柔道高段，養氣養靜的功夫絕不是白練的。
他還是一眼就看出對方用的正是他們從「唐手」中變化出的「空手道」。
他在日本時，就已跟「空手道」的高段交過無數次手。
空手道的招式他並不陌生。
他已準備好對付的法子。
誰知黑豹一出手，招式竟然變了。
他的拳和肘都沒有使出來，竟突然蹲下去，掃出一腿。
張大帥手下的那兩個練譚腿的高手，都已認出他使出的這一著正是正宗北派譚腿。
譚腿的招式本來是和空手道完全相反。
這變化實在太大，實在太快了。
但野村的反應也不慢，大吼一聲，他的人也憑空跳了起來。
誰知黑豹這一腿還有變化！

他的右腿剛掃出，彎曲的左腿突又彈起。

他的拳頭突然已打在野村的鼻樑上。

野村竟沒有鼻樑！

這鼻子竟是軟的，就像是一團軟肉——他的鼻樑早已動手術拿掉了。

黑豹打碎過無數人的鼻樑，卻從來也沒有打過這樣的鼻樑。

他一怔，手腕已又被野村捉住。

這次野村不再上當，並沒有將他掄出去，踏步進身，將他的手臂在肋下一挾一撞，竟想生生的將這條手臂夾斷！

黑豹的身子已被摔轉，另一隻手已無法使出。

張大帥的眼睛裡又發出了光。

只聽一聲狂吼，一個人飛了出去，重重的撞上後面的牆。

他倒下來的時候，鮮血已從他的眼睛、鼻子、耳朵和嘴裡同時流了出來。

這個人並不是黑豹，是野村。

他忘了黑豹還有一雙腳，更想不到黑豹在那種情況下還有力量踢出這一腳。

他本來已扣住了這個人的關節和筋脈，黑豹全身的力量本已該完全被制住。

誰知道這個人竟是個野村永遠無法想像的超人。

他竟能在最不可思議的時候，發揮出他最可怕的力量！

看著野村已軟癱了的屍體，每個人眼睛裡都不禁露出了恐懼之色。

這個人本來就像是鐵打的，但倒在地上時，卻像是隻倒空了的麻袋。

黑豹卻還是像標槍般站在那裡，冷冷道：「聽說這裡還有南派『六合八法』，和北派『譚腿』的高手，還有誰想來試一試？」

沒有人敢動。

黑豹忽然發現每個人的眼睛都在看著貨倉大門，張大帥的眼睛裡忽又充滿了希望。

他身子立刻凌空躍起，忽然間已落在張大帥身旁，閃電般扣住了張大帥的臂。

他已發現這裡只有張大帥才能擋得住高登的槍。

高登手裡並沒有槍。

他正從貨倉裡慢慢的走了出來，身上的晚禮服看來還是筆挺的，襯衫也還是同樣的潔白。

看他的神態，彷佛正在走進一家樂聲悠揚、美女如雲的夜總會。

他好像根本不知道這裡已成爲戰場，好像根本不知道這裡有幾十個久經訓練的職業打手，隨時都在準備著拚命。

黑豹又笑了。

他欣賞這個人，更欣賞這個人的冷靜和鎮定。

這點他並不想掩飾。

高登已慢慢的走到他身旁，聲音也同樣鎮定：「現在我是不是可以走了？」

黑豹微笑著：「前面的路上有泥，我只希望你小心些走，莫要弄髒了你的新鞋子。」

高登的嘴角彷彿也露出一絲笑意：「我走路一向很小心的。」

「那最好。」

「以後我還會去看你。」

「隨時歡迎。」

「但現在我還想帶一個人走。」

黑豹的笑容似已有些僵硬，眼睛盯著高登的手，過了很久，才慢慢的問出一個字：「誰？」

「你應該知道是誰。」高登看著張大帥，張大帥已緊張得開始流汗的臉，立刻又有了生氣。

黑豹沉吟著：「你是來殺人的，還是來救人的？」

「我要殺的人本來是你。」

「哦？」

「但現在你還活著，所以……」

「所以怎麼樣？」黑豹追問。

「所以你欠我的，我卻欠他的。」

黑豹的目光也轉到張大帥身上道：「所以你要帶他走？」
「是。」
高登的回答也同樣簡單。
黑豹突又露出他野獸般的牙齒笑了：「可是我想他絕不會跟你走的。」
「爲什麼？」
「因爲這裡還有他的兄弟，他怎麼肯甩下他們一個人走？」
高登突然也笑了。
他好像覺得黑豹這句話說得好妙，笑容中甚至已露出欣賞之意。
他欣賞黑豹正如黑豹欣賞他一樣。
這一點他也從不想掩飾。
他忽然轉向張大帥：「你現在想不想走？」
每個人的眼睛都在看著張大帥，張大帥卻沒有看他的這些弟兄，連一眼都沒有看。
「他奶奶的熊。」張大帥又戴上了他那副面具：「這裡既沒有女人，也沒有牌九，老子爲什麼不想走？」
黑豹突然大笑。
他已經發現那些人的眼睛裡露出的那種悲憤失望之色。
「好！」他大笑著道：「張大帥果然是條夠義氣、夠朋友的好漢！」

「你現在才明白？」高登也在微笑著。

「我早已明白，只不過現在才證實了而已。」黑豹仍在大笑。

「就憑這一點，我就該讓你帶他走。」

因爲他已發覺，張大帥縱然還能活著，但在他兄弟們的心裡卻已死了。永遠死了。

就憑這一點已足夠。

這一點張大帥自己也並不是不明白，但是他也有他自己的想法。現在情勢之強弱，他也看得很清楚。

留得青山在，不怕沒柴燒。

他甚至已想到以後向別人解釋的話：「我那次走，只因爲我必須忍辱負重，必須要報復。」

在這些話當中，他當然還要加上幾句「他奶奶的熊」。

大老粗說的話，是絕不會有人懷疑的。

現在黑豹已放開了他的臂。

現在不走，更待何時？

張大帥拍了拍衣襟，踏著八字腳走過來，眼睛還是不敢往他的兄弟們那邊看。

但他卻在大笑著：「現在時候還早，咱們還可以去再賭一場。」

高登冷冷道：「只要你還是肯故意輸給我，我總是隨時奉陪。」
張大帥格格的乾笑著，笑得實在並不好聽。
就在這個時候，他突然聽見有個人在呼喊：「等一等！」
一個人從黑暗中走出來，卻是那位法國大律師梅禮斯。
張大帥皺起了眉。
難道這法國人也想跟著一起走？黑豹會不會再多放走一個人？
不管怎麼樣，張大帥現在卻不想有人再來多事了，他已經準備不理這個曾經跟他合夥過的法國朋友。
法國人的眼睛卻在盯著他，眼睛裡好像已佈滿了血絲。
「我只有一句話想問你。」
只問一句話，總不會有太多麻煩的。
張大帥總算停下腳步，皺著眉道：「什麼話？」
梅禮斯的臉色蒼白，怒聲道：「你爲什麼要他殺死我女兒？」
「你他奶奶個熊。」張大帥又開口罵了：「這裡又不是他奶奶的法庭，你問個鳥！」
梅禮斯瞪著他，眼睛更紅。
張大帥已扭過頭準備走了。
突又聽見梅禮斯又在大喝：「我還有一句話要告訴你。」

張大帥回過頭，正準備大罵，但卻沒有罵出來，因爲他已看見梅禮斯手裡的槍。

那正是剛才交給這法國人的槍。

梅禮斯本已將這柄槍放在桌上，臨走時卻又偷偷帶在身上。

「我要告訴你，」梅禮斯的聲音突然也變得非常鎮定。

「我的槍法的確也很準，現在就要把你打出第二個屁眼來，就在你臉上。」

張大帥的臉已扭曲。

他已看見他自己的手槍裡冒出了火光，也聽見了槍聲一響。

「他奶奶的……」

這句話他還沒有完全罵出口，他的人已倒了下去，臉上多出的那個屁眼裡，鮮血已箭一般標了出來。

梅禮斯看著他倒下去，突然瘋狂般大笑起來。

他大笑著，將手槍插入自己嘴裡。

接著，又是槍聲一響。

他的笑聲立刻停頓。

這一槍也就是這地方最後的一響槍聲。

現在正是十二點三十九分。

六　濺血、暗鬥

一

十二點四十三分。

張大帥槍口裡的血已停止往外流。

每個人都在看著他，冷冷的看著他。

不管他生前是個大老粗也好，是條老狐狸也好，現在他已只不過是個死人。

死人全都是一樣的。

黑豹的神情彷彿已顯得很疲倦，忽然揮了揮手。

「走吧，大家全走吧。」

張大帥帶來的人全都怔住，他們正準備拚最後一次命。

這次不是爲張大帥拚命了，這次他們準備爲自己拚一次命。

他們誰也想不到黑豹居然會放他們走。

「我並不想殺你們，從來也不想。」黑豹的聲音也彷彿很疲倦。

「你們全都跟我一樣，是被別人利用的，我只希望下次你們能選個比張大帥夠義氣一點的人，再爲他拚命。」

突然有人在大叫：「我們兄弟跟著你行不行？」

黑豹笑了笑，笑得也同樣疲倦：「先回去洗個熱水澡，好好的睡一覺，到明天起來時，你們的主意若是還沒有改變，再來找我。」

於是大家只好散了。

那些用黑巾蒙面，提著大刀的人，也忽然全都消失在黑暗裡。

他們走得和來的時候同樣神秘。

黑豹看著地上張大帥和梅禮斯的屍體，看著他們扭曲可怕的臉，喃喃道：「他奶奶個熊，愁眉苦臉著幹什麼？地獄裡的賭鬼多得很，你們不會到那裡再去開賭場嗎？」

「你放心，等你到了那裡時，他們一定早已開好賭場在那裡等著你。」

高登居然還沒有走，正在冷冷的看著他。

黑豹突又大笑：「等我去幹什麼？去搗亂？」

高登還是冷冷的看著他，過了很久，才慢慢說道：「我現在才看出來，你好像也跟張大帥一樣，臉上也戴副面具。」

「現在太晚了，你也許還看不清楚。」黑豹還在笑：「我勸你也先回去洗個澡，睡一覺，明天你若還想看，我一定讓你看個仔細。」

「明天早上？」

「早上你能起得來？」

「也許我今天晚上根本就睡不著。」

「睡不著可以找個女人陪你。」黑豹淡淡的說：「這地方什麼都貴，就是女人便宜。」

高登看了看地上的屍體，又過了很久，忽然笑了笑，笑得彷彿有些淒涼。

「這地方的人命豈非也很便宜？」

二

霞飛路上那三層樓的洋房裡，槍聲也突然停止。

所有的聲音全都停止。

鮮血卻還沿著樓梯慢慢的往下流。

金二爺踏著血泊，慢慢的走上三樓，推開了一面窗子。

外面群星燦爛，新月如鉤。

春天的晚上總是美麗的。

金二爺吸了口雪茄，竟沒有發現他嘴裡啣著的雪茄早已熄了。

「今年的春天來得真早……」他心裡彷彿有很多感慨。

田八爺站在他身旁，感慨也好像並不比他少。

他們似乎已完全忘了自己是踏著別人的血泊走上來的。

「明天我們應該到郊外走走去。」金二爺忽然間又說話。

田八爺立刻同意。

「龍華的桃花，現在想必已開了。」

其實他們又何必去看桃花？

他們腳底下的鮮血，那顏色豈非也正和桃花完全一樣？

突然間，樓下又有槍聲一響。

金二爺皺了皺眉，向樓下呼喝：「什麼事？」

「是青鬍子老六，他還沒有斷氣，我又補了他一槍。」樓下有人在回答，青鬍子老六是張大帥留在這裡看家的。

金二爺點點頭，臉上露出滿意的表情。

他知道這一槍已是這地方最後的一槍。

他們自己人的損失雖然也不小，可是張大帥剛才派回來支援的那十八個人，現在已沒有一個再活著的了。

那個日本人荒木雖然還活著，卻已投靠了他——武士道的精神，有時也同樣比不上金錢的誘惑力大。

金二爺微笑著說：「這地方以後我們也可以開個賭場。」

田八爺打著了他剛從英國帶回來的打火機，爲他燃著了雪茄，也在微笑著：「貴賓室一定要在三樓上，我相信一定有很多人喜歡在樓上看月亮。」

新月如鉤。

這一場慘烈的火併，似已完全結束。

現在正是十二點五十七分。

三

兩點零三分。

波波突然從噩夢中醒來。

窗外夜涼如水，她的枕頭卻已被冷汗濕透。

她剛才夢見羅烈，夢見羅烈手裡拿著把刀，問她為什麼要對不起他。

她又夢見她的父親，眼睛裡流著淚，說她不該到這裡來的，說著說著，他眼裡的淚變成了血。

然後她忽然看見黑豹。

這已不是噩夢。

黑豹不知道在什麼時候已回來了，正站在床頭，凝視著她。

他看來彷彿很疲倦，但一雙眼睛卻比平時更亮。

「我睡得一定很熟，連你回來了我都不知道。」波波笑得有點勉強。

她還沒有忘記剛才的噩夢。

「你睡得並不熟。」黑豹盯著她的眼睛：「你好像在做夢？」

波波不能不承認。

「我夢見了我爸爸……」她忽然問：「你打聽到他的消息沒有？」

黑豹搖搖頭。

波波嘆口氣：「我剛才也跟人打聽過，他們也都沒聽說過趙大爺這個人。」

黑豹忽然沉下了臉：「我說過，你最好還是不要出去。」

「我沒有出去，只不過在門口走了走，買了兩份報，隨便問了問那個賣報的老頭子。」

黑豹沒有再說什麼。

他已開始在脫衣服，露出了那一身鋼鐵般的肌肉，身上鐵鉤的傷痕似已快好了。

這個人就像是野獸一樣，本身就有種治療自己傷痛的奇異力量。

波波看著他，忍不住又問：「你今天到哪裡去了，出去了一整天，也不回來看我一趟，害得我一直都在擔心。」

「我的事你以後最好都不要過問，也用不著替我擔心。」

他看見波波的臉色有點變了，聲音忽又變得很溫柔：「因爲你若問了，就一定會更擔心，我做的本就不是什麼光明正大的事。」

波波眨著眼：「我不管你做的是什麼事，只要你對我好，就夠了。」
黑豹凝視著她，忽然笑了笑：「明天我有樣東西送你。」
「什麼東西？」波波眼睛裡發出了光。
「當然是你喜歡的東西，到明天你就會看到了。」
他掀起了薄薄的被，在她身旁躺下。
波波的心突然跳了起來。
也不知道爲了什麼，她忽然發覺自己竟一直在期待著。
期待著他回來，期待著他那又溫柔，又粗暴的撫摸和擁抱。
但黑豹卻只淡淡的說了句：「睡吧，明天還有很多事要做。」
然後他竟似已真的睡著了。
波波咬著嘴唇，看著他，心裡忽又覺得有種說不出的滋味，她心裡從來也沒有過這種滋味。
那不僅是失望。
「他爲什麼不理我？難道他今天在外面已有過別的女人？」
然後她又替自己解釋。
「他若喜歡別的女人，又何必回來？」
這解釋連她自己都不滿意，她的心越想越亂，恨不得把他叫起來，問清楚。

可是她忽然又想起了「明天」，想起了明天的那份禮物。

她心裡立刻又充滿了溫暖和希望。

世界上又有哪個女人不喜歡自己情人送給她的禮物呢？

就算只不過是一朵花也好，那也已足夠表現出他的情意。

何況黑豹送的並不是一朵花。

他送的是一輛汽車。

一輛銀灰的汽車，美麗得就像是朦朧春夜裡的月亮一樣。

「明天」已變成了今天。

今天的陽光也好像分外燦爛輝煌。

銀灰色的汽車，在初昇的太陽下閃著光。

在波波眼睛裡看來，它簡直比天上所有的星星和月亮加起來都美麗得多。

她跳了起來，摟住了黑豹的脖子。

雖然還早，街上已有不少人，不少雙眼睛。

可是她不管。

她喜歡做一件事的時候，就要去做，從來也不管別人心裡是什麼感覺。

現在她心裡不但充滿了愉快和幸福，也充滿了感激。

她一定要表現出來。

現在羅烈的影子距離她似已越來越遙遠了。

她覺得她並沒有做錯。

黑豹也沒有錯。

一個年輕健康的女人，一個年輕健康的男人，兩個人在一起的時候，本來就是任何事都可能發生的。

那其中只要沒有買賣和勉強，就不是罪惡。

陽光也同樣照在黑豹的臉上，黑豹的臉，也跟著那輛銀灰色的汽車一樣，顯得充滿了光彩，顯得生氣勃勃。

波波看著他。

他的確是個真正的男人，有他獨特的性格，也有很多可愛的地方。

波波下定決心，從今天起，要全心全意的愛他。

過去的事已過去，慢慢總會忘記的。

羅烈既然是他們的好朋友，就應該原諒他們，爲他們的未來祝福。

波波情不自禁拉起黑豹的手，柔聲道：「你今天好像很開心。」

「只要你開心，我就開心了。」黑豹的聲音也彷彿特別溫柔。

看來他今天心情的確很好。

「我們開車到郊外去玩玩好不好？」波波眼睛裡閃著光：「聽說龍華的桃花開得最美。」

她又想起了那個繫著黃絲巾的女孩子，現在她的夢已快要變成真的了。

黑豹卻搖搖頭：「今天不行。」

「爲什麼？」波波噘起了嘴：「今天你又要去看金二爺？」

黑豹點點頭，目中露出了歉意。

「我一定要看看他，究竟是個怎麼樣的人。」波波顯得有點兒不開心，她不喜歡黑豹將別人看得比她還重要。

對金二爺她甚至有點嫉妒。

黑豹忽然笑了笑說：「你遲早有一天總會看見他的……」

從樓上看下來，停在路旁的那輛銀灰色汽車，光彩顯得更迷人。

波波伏在窗口，又下定決心，一定要學會開車，而且還要買一條鮮艷的黃絲巾。

四

金二爺開始點燃他今天的第一支雪茄。

黑豹就站在他的面前，好像顯得有點心不在焉。

金二爺很不喜歡他的手下在他面前表現出這種樣子來。

他噴出口煙霧：「昨天晚上你又沒有回來。」

黑豹在聽著。

「我雖然知道你一定得手，但你也應該回來把經過的情形說給我聽聽。」金二爺顯得有點不滿意：「你本來不是這樣散漫的人。」

黑豹閉著嘴。

「你不回來當然也有你的原因，我想知道是爲了什麼？」金二爺還是不放鬆的說道。

黑豹忽然道：「我很累。」

「很累？」金二爺皺起了眉：「我不懂你這是什麼意思。」

「我……我想回家去，安安靜靜的住一段時候。」黑豹的表情很冷淡：「目前這裡反正已沒什麼要我做的事了。」

金二爺好像突然怔住，過了很久，才將吸進去的一口煙噴出來。

他臉色立刻顯得好看多了，聲音也立刻變得柔和得多。

「你以爲我是在責備你，所以不開心？」

「我不是這意思。」黑豹的表情還是很冷淡：「我只不過真的覺得很累。」

「現在大功已告成，這地方已經是我們的天下。」金二爺忽然從沙發上站了起來，走過去輕拍著黑豹的肩：「你是我的大功臣，也是我的兄弟，我的事業，將來說不定全都是你的，我怎麼能讓你回去啃老米飯？」

「過一陣子，我說不定還會再回來。」黑豹的意思似已有些活動了。

「但現在我就有件大事非你不可。」金二爺的神色很慎重。

黑豹忍不住問：「什麼事？」

「張三爺一走，擋我們路的就只剩下一個人了。」

「田八爺？」

金二爺笑了笑：「老八是個很隨和的人，我從來不擔心他。」

「你是說喜鵲？」黑豹終於明白。

「不錯，喜鵲！」

說到「喜鵲」兩個字，金二爺眼睛裡突然露出了殺機：「我不想再看到這隻『喜鵲』在我面前飛來飛去。」

「可是我們一直找不到他。」

這隻喜鵲的行蹤實在太神秘，幾乎從來沒有露過面。

有一次金二爺活捉到他一個兄弟，拷問了七個小時，才問出他是個長著滿臉大麻子的江北人，平常總是喜歡帶著副黑眼鏡。

但這個人究竟姓什麼？叫什麼？是什麼來歷？有什麼本事？就連他自己的兄弟都不知道。

「這隻喜鵲的確不好找。」金二爺恨恨道：「但我們現在卻有個好機會。」

「什麼機會？」

「這張條子，是田老八昨天晚上回家去之後才發現的。」

金二爺從身上掏出一張已揉得很綳了的紙。

紙上很簡單寫著：「你等著，二十四個小時內，喜鵲就會有好消息告訴你。」

黑豹皺了皺眉：「這是什麼意思？」

「老八回家的時候，這張條子就已在那裡，他的三姨太卻不見了。」

「喜鵲綁走了田八爺的三姨太？」

金二爺嘆了口氣：「喜鵲想必也知道這位三姨太是老八最喜歡的人，所以想藉此來要脅他，我想老八昨天晚上一定是睡不著的。」

他嘆息著，好像很同情，但是他的眼睛裡卻在發著光。

「所以喜鵲今天一定會跟田八爺聯絡。」黑豹的眼睛似也亮了。

「我已關照老八，無論喜鵲提出什麼條件來，都不妨答應。」

「我們當然也有條件。」黑豹試探著道。

「只有一個條件。」金二爺的眼睛又露出殺機：「無論什麼事，都得要喜鵲本人親自出來跟我們談，因為我們只相信他。」

「他肯？」

「不由得他不肯。」金二爺冷笑：「他這樣做，當然一定有事來找我們，莫忘記這地方到底還是我們的天下。」

黑豹承認。

「何況我們所提出來的條件並不算苛刻，並沒有要他吃虧。」金二爺又說道：「見面的地方由他選，時間也隨他挑，我自己親自出面跟他談，每邊都只能去三個人。」

「三個人？」

「其中一個人當然是你。」金二爺又在拍著他的肩，微笑著。

「還有一個是誰？」

「荒木。」

「張三爺請來的那個日本人？」黑豹又皺了皺眉。

「我也知道他不是個好東西，但他卻是柔道的高段，比野村還要高兩段。」

「他能出賣張三爺，也能出賣你。」黑豹對這日本人的印象顯然不好。

「所以我一定要你跟著我。」金二爺微笑著：「何況，荒木也不是不知道，他當然明白我能出的價錢一定比喜鵲高。」

黑豹不再開口。

「不管怎麼樣，你今天都千萬不能走遠，隨時都說不定會有消息。」

黑豹點點頭，忽然道：「梅律師那輛汽車，我已經送了人。」

「那本來就該算是你的，」金二爺微笑著坐回沙發上：「你若是喜歡張老三那棟房子，也隨時可以搬進去。」

這句話無異告訴黑豹，他在幫裡已取代了張三爺的地位。

就連黑豹的臉上都不禁露出了感動的表情，但在嘴裡並沒有說什麼，微微一躬身，就轉身走了出去。

金二爺吸了口雪茄，忽然又笑道：「那女孩子是個什麼樣的人？究竟有什麼魔力能叫你一連陪著她兩個晚上？」

黑豹沒有回頭，只淡淡的說了句：「她當然也是個婊子，只有婊子才跟我這種人在一起。」

門外是條很長的走廊。

走廊上幾條穿短打的魁梧大漢，看見黑豹都含笑鞠躬爲禮。

黑豹臉上連一點表情也沒有。

他慢慢的走出去，忽然發現有個人在前面擋住了他的路。

一個日本人，四四方方的身材，四四方方的臉。

但他的眼睛卻是三角形的，正狠狠的瞪著黑豹。

黑豹只看了他一眼，冷冷道：「我不喜歡別人擋我的路。」

荒木的拳頭已握緊，還是在狠狠的瞪著他，眼睛裡閃著兇光。

但他還是讓開了路。

「你的朋友野村是我殺的。」黑豹從他面前走過去，冷笑著道：「你若不服氣，隨時都可以來找我。」

他頭也不回的走下了樓梯。

這時，范鄂公正從樓梯口走上來，這次讓路的是黑豹。

他對這位湖北才子一向很尊敬。

他一向尊敬動筆的人，不是動刀的。

「這小子，竟想用走來要脅我。」金二爺在煙缸裡重重的按熄了他的雪茄煙，正在對范鄂公發牢騷：「梅律師那輛汽車我本來是想送給你的，但他卻送給了個婊子。」

范鄂公正從茶几上的金煙匣裡取出了一支茄力克，開始點著。

「我剛從爛泥裡把他提拔上來，他居然就想上天了。」

金二爺的火氣還是大得很：「照這樣下去，將來他豈非要騎到我頭上來？」

「不錯，這小子可惡。」范鄂公閉著眼吸了口煙：「不但可惡，而且該殺。」

金二爺冷笑：「說不定遲早總有一天……」

「要殺，就應該快殺。」范鄂公悠然道：「也好讓別的人知道，在金二爺面前做事，是一點也馬虎不得，否則腦袋就得搬家。」

金二爺看著他：「你是說……」

「這就叫殺雞儆猴，讓每個人心裡都有個警戒。」范鄂公神情很悠閒：「以前梁山上的大頭領王倫做法就是這樣子的。」

金二爺忽然明白了他的意思。

金二爺雖然不懂得歷史考據，但水滸傳的故事總是知道的。

他當然也知道王倫最後的結果，是被林沖一刀砍掉了腦袋。

范鄂公已開始在閉目養神，這問題他似已不願再討論下去。

金二爺沉思著，忽然站起來，走出門外。

「黑豹呢？」

「到奎元館去吃早點了。」

「他回來時立刻請他進來。」金二爺道：「他昨天晚上立下大功一件，我有樣東西剛才忘記送給他。」

現在他已明白要讓別人知道，替金二爺做事的人，總是有好處的。

「再派人送五十支茄力克，半打白蘭地到范老先生府上去。」金二爺又吩咐：「要選最好的陳年白蘭地，范老先生是最懂得品酒的人。」

范鄂公閉著眼睛，好像並沒有注意聽他的話，但嘴角卻已露出了微笑。

五

黑豹坐在奎元館最角落裡的一個位置上，面對著大門。

他總是希望能在別人看到他之前，先看到這個人。

現在他正開始吃他第二籠蟹黃包子，他已經吃完了一大碗雞火干絲，一大碗蝦爆鱔麵。

他喜歡豐盛的早點，這往往能使他一天都保持精力充沛。

何況，這杭州奎元館的分館裡，包子和麵都是久享盛名的。

就在這時候，他看見了高登。

八點三十九分。

高登剛從外面耀眼的陽光下，走進這光線陰暗的老式麵館。

他眼睛顯然還有點不習慣這種光線，但還是很快就看見了黑豹。

他立刻直接走了過來。

黑豹看著他：「昨天晚上你沒有找女人？」

「我找不到。」

「我認得你住的那層樓的茶房小趙，找女人他是專家。」

高登淡淡的笑了笑：「我要找的是女人，但是他卻給我找來了條俄國母豬。」

「你也錯過機會了。」黑豹也在笑，道：「那女人說不定是位俄國貴族，甚至說不定就是沙皇的公主，你至少應該對她客氣些。」

「我不是個慈善家。」高登搬開椅子坐下：「我是個嫖客。」

「是不是個吃客？」

「不是。」高登一點也不想隱瞞：「我是特地來找你的。」

「你知道我在這裡？」

「每一天早上八點半到九點半之間，你通常都在這裡。」

黑豹又笑了：「原來你的消息也很靈通。」

「只有消息靈通的人，才能活得比較長些。」高登很快的就將這句話還給了他。

「你還知道些什麼？」黑豹問。

「你是個孤兒，是在石頭鄉長大的，以前別人叫你小黑，後來又有人叫你傻小子，因為你曾經用腦袋去撞過石頭。」

黑豹笑得已有些勉強：「你知道的事確實不少。」

「我只想讓你知道一件事。」

「什麼事？」

「你知不知道我為什麼總是對你特別客氣？」高登反問。

「我只知道你昨天晚上若殺了我，你自己也休想活著走出去。」

「我若能殺了你，你手下那些人在我眼中看來，也只不過是一排槍靶子而已。」高登冷笑著：「何況那地方還有張大帥的人。」

黑豹不說話了。

當時的情況，他當然也瞭解得很清楚。

高登雖然未必能殺得了他，但也不能不承認高登並沒有真的想殺他。

至少高登連試都沒有試。

高登已冷冷的接著說了下去：「你現在還活著，也許只因爲你有個好朋友。」

「誰？」黑豹立刻追問。

「法官！」

「羅烈？」

高登點點頭。

「你認得他？」黑豹好像幾乎忍不住要從椅子上跳起來。

「他也是我的好朋友。」

「他在哪裡？」

「在漢堡，德國的漢堡。」

「在幹什麼？」黑豹顯然很關心。

高登遲疑著，終於一個字一個字的說道：「在漢堡的監牢裡。」

黑豹怔住，過了很久，忽又搖頭。

「不會的，他跟我們不一樣，他不是一個會犯法的人。」

「就因爲他不願犯法，所以才會在監牢裡。」

「爲什麼？」

「他殺了一個人，一個早就該殺了的人。」

「他爲什麼要殺這個人？」黑豹又問道。

「因爲這個人要殺他。」

「這是自衛，不算犯法。」

「這當然不算犯法，只可惜他是在德國，殺的又是德國人。」

黑豹用力握緊拳頭：「他殺了這個人後，難道沒有機會逃走？」

「他當然有機會，可是他卻去自首了，他認爲別人也會跟他一樣正直公平。」

黑豹又怔了很久，才嘆息著，苦笑說道：「他的確從小就是這種脾氣，所以別人才會叫他做小法官。」

「只可惜法官也並不是每個都很公平的，同樣的，法律也可以有很多種不同的解釋。」高登也在嘆息著：「在德國，一個中國人殺了德國人，無論在什麼情況下都不能算自衛。」

「難道他已被判罪？」

高登點點頭：「十年。」

黑豹又沉默了很久，才慢慢的問：「有沒有法子救他？」

「只有一種法子。」

「什麼法子？」

「去跟那德國法官說，請他對德國的法律作另外一種解釋，讓他明白中國人殺德國人有時一樣也是爲了自衛。」

「要怎麼去跟他說？」

高登淡淡道：「世界上只有一種話是在每個國家都說得通的，那就是錢說的話。」

黑豹的眼睛亮了。

「中國的銀洋，有時也跟德國的馬克同樣有用，」高登繼續說道：「我到這裡來，爲的就是這件事。」

「你想要多少才有用？」

「當然越多越好。」高登笑了笑：「張大帥付給我的酬勞是五萬，我又贏了十萬，我算算本來已經夠了，只可惜……」

「只可惜怎麼樣？」

高登笑容中帶著種淒涼的譏諷之意：「只可惜應該付我錢的人已經死了。」

黑豹恍然：「你昨天晚上要帶張大帥走，並不是爲了救他，而是爲了救羅烈？」

高登用沉默回答了這句話。

這種回答的方式，通常就是默認。

「你贏的十萬應該是付現的。」

「他們付的是即期支票，但張大帥一死，這張支票就變成了廢紙。」高登淡淡道：「我已打聽出來，金二爺已經叫銀行凍結了他的存款，他開出的所有支票都不能兌現。」

黑豹也不禁嘆了口氣：「十萬，這數目的確不能算小。」

「在你說來也不算小？」

黑豹苦笑，他當然已明白高登來找他的意思：「羅烈是我最好的朋友，我比你更想救他，可是現在……」他握緊雙拳：「現在我身上的錢連一條俄國母豬都嫖不起。」

「你不能去借？」高登還在做最後努力：「昨天你立下的功勞並不算小。」

「你也許還不瞭解金二爺這個人，他雖然不會讓你餓死，但也絕不會讓你吃得太飽。」

高登已瞭解。

他什麼都沒有再說，慢慢的站了起來，凝視著黑豹。

然後他嘴角又露出了那種譏諷的微笑：「也許我昨天晚上應該殺了你的。」

「但你也用不著後悔。」

黑豹的眼睛裡又發出了光：「也許我現在就可以替你找到一個能賺十萬塊的機會。」

「這機會當然並不壞，只看你願不願意去做。」黑豹在觀察著他臉上的表情。

高登的臉上卻連一點表情也沒有，說道：「只要能賺得到十萬塊，我甚至可以去認那條俄國母豬作乾媽。」

金公館客廳裡的大鐘剛敲過一響，九點半。

黑豹帶著高登走進了鐵柵大門。

然後他就吩咐站在樓梯口的打手老宋：「去找荒木下來，我有件很機密的事要告訴他。」

六

九點三十四分。

荒木走下樓，走到院子，站在陽光下。他一看見黑豹，那雙三角眼裡就立刻露出了刀鋒般的殺機。

黑豹卻在微笑著。

「聽說你有機密要告訴我。」

荒木用很生硬的中國話問黑豹，原來他並不是真的完全不會說中國話。

他只不過覺得裝作不會說中國話，非但可以避免很多麻煩，而且可以佔不少便宜。

「我的確有樣很大的秘密要告訴你。」黑豹緩緩道：「卻不知你能不能完全聽懂。」

「我懂。」

黑豹還是在微笑著，雪白的牙齒在太陽下閃著光：「你父親是個雜種，你八十個父親每個都是雜種，你母親卻是個婊子，爲了二毛錢，她甚至可以陪一條公狗上床睡覺。」

黑豹笑得更愉快：「所以你說不定就是狗養的，這秘密你自己一定不會知道。」

七 喜鵲

一

太陽剛剛昇高，溫度也漸漸升高。

但荒木卻好像在冷得發抖，那張四四方方的臉，除了鼻尖上一點汗珠外，似已完全乾癟。

他整個人看來就像是條剛從冷水裡撈出來的拳獅狗。

站在旁邊看的人，有的已忍不住偷偷的在笑，而且並不怕被荒木聽到。

這日本人實在並不是個受歡迎的人物。

黑豹微笑道：「現在我已說出了你的秘密，你完全聽懂了麼？」

荒木忽然狂吼一聲，撲了過去。

拳獅狗似已突然變成瘋狗。

但瘋狗咬起人來卻是很可怕的，何況是一個柔道高段，就算不在真的瘋狂時，也同樣很難對付。

黑豹靜靜的站在那裡，等著他，目中充滿了自信。

柔道的真義本來是以柔克剛，以靜制動，現在荒木已犯了個致命的錯誤。

他主動採取攻擊，一雙手鷹爪般去抓黑豹的臂和肩。

他的出手當然很快，卻還不夠快。

黑豹一翻身，右腿反踢他的下腹，荒木獰笑，正想去抓黑豹的足踝。

誰知黑豹的身子突又溜溜一轉，一個肘拳，重重的打在他的肋骨上。

他立刻聽到自己肋骨折斷的聲音，他的人也被打得飛了出去。

黑豹的雙足已連環踢出，踢他的咽喉。

他乘勝追擊，絕不容對方有半分鐘喘息的機會。

但這次他卻也犯了個錯誤。

他低估了荒木。

荒木的身子本來已被打得踉蹌倒退，好像再也站不穩的樣子。

可是突然間他已站穩，他的手突然間已抓住了黑豹的腳。

對一個像荒木這樣的柔道高段來說，無論什麼東西只要被他搭上一點，就好像已被條瘋狗一口咬牢。

他反手一擰。

黑豹立刻就身不由主在空中翻了個身，接著，就「啪」的被摔在地上。

他似已被摔得發暈，連站都站不起來。

荒木獰笑著，一腳踏上他背脊，似乎想將他的脊椎骨踩斷。

誰知就在這時，黑豹突又翻身出手，閃電般擰住了他的足踝。

就像他剛才對付黑豹的法子一樣。

黑豹的手將他足踝向左一摔，他整個人就跟著向左邊翻了過去。

但黑豹並沒有將他摔在地上。

黑豹自己還躺在地上，突然一腳踢出，就在他身子翻轉的那一瞬間，踢中了他的陰囊。

荒木狂吼，身子突然縮成一團，全身上下所有能夠流出來的東西，立刻全都流了出來。

高登皺了皺眉，後退了兩步，用口袋裡斜插著的絲巾掩住鼻子。

除了荒木自己外，每個人都嗅到了他的排洩物的臭氣。

黑豹剛放開了他的足踝，他就已倒下去，像蝦米般蜷曲在地上，不停的抽搐痙攣。

忽然間，他蜷曲著的身子又一縮一伸，然後就完全不動了。

黑豹的那一腳不但是迅速準確，而且力量也大得可怕。

在旁邊看著的打手們目中都不禁露出恐懼之色。

他們打過人，也挨過打。

但他們誰也沒有看見過如此狠毒的手腳，心裡都不禁在暗中慶幸，自己沒有遇見過像黑豹這樣的對手。

黑豹已慢慢的從地上站了起來，拍了拍衣服上的塵土：「這日本人的確有兩下子。」

高登嘆了一口氣：「我剛才真怕你一下子就被他摔死。」

「你知道我最大的本事是什麼？」黑豹笑了笑：「我最大的本事不是打人，是挨打！」

「挨打？」

「我在沒有學會打人之前，就已學會挨打。」

「你學的時候那種滋味一定不太好受。」高登也笑了。

「不肯學挨打的人，就最好也不要去學打人。」黑豹淡淡道：「你想打人，就得準備挨打。」

這道理本來很簡單，只可惜越簡單的道理，有很多人反而越不能明白。

高登的笑容又露出那種殘酷的譏諷之意：「我從來不打人的，我只殺人！」

想殺人的人，是不是也應該隨時準備被殺呢？

二

九點五十分。

黑豹帶著高登走入了金二爺私人用的小客廳。

范鄂公還靠在沙發上養神。

「聽說你有樣秘密告訴了荒木。」這小客廳的隔音設備很好，樓下的動靜，樓上並不能聽到。

「是什麼秘密？」金二爺又問。

黑豹淡淡的回答：「我告訴他，他父親是個雜種，他母親是個婊子。」

金二爺皺起了眉：「他怎麼說？」

「他什麼都沒有說，」黑豹的聲音更冷淡：「死人是不會說話的。」

金二爺似也怔住，沉默了很久，才慢慢的吸了口雪茄，再慢慢的噴出一口煙。

他的臉又隱藏在煙霧裡。

「你就算要殺他，也應該等到明天。」

「哦？」

「你應該知道今天他還有用。」

「他早已沒有用了。」

「爲什麼？」

「因爲我已找到了個更有用的人。」

「是他？」金二爺好像直到現在才看見站在黑豹身後的高登。

高登穿著套薄花呢的雙排扣西裝，顯然是最上等手工剪裁的。

他用的領帶和手帕也全都是純絲的，腳上穿著意大利皮匠做的小牛皮鞋子。

金二爺看著他冷笑：「就是這個花花公子？」

「不錯，」高登搶著替自己回答：「就是我這個花花公子。」

「我要找的是個懂得怎麼樣殺人的人，不是個夜總會領班。」

「夜總會領班有時也會殺人的。」

「你能殺得了誰？」

「只要是人，我就能殺。」高登的聲音也同樣的冷漠。

「譬如說……」

「譬如說你，」高登打斷了他的話：「現在我隨時都能殺了你。」

他的手一抬，手裡已多了柄槍。

金二爺的臉色似已有些變了，但神態卻還是很鎮定：「你爲什麼不往後面看看？」

門口已出現了兩個人，兩個人手裡都有槍，槍口都對著高登。

「他們就算殺了我，我臨死前還是一樣可以殺你。」高登的聲音還是很冷淡：「想殺你這種人，當然要付出點代價的。」

他的話還沒有說完，突然轉身。

只聽槍聲兩響，門口兩個人手裡的槍已跌了下去，高登這兩槍正打在他們的槍管上。

金二爺突然大笑：「好，好得很，神槍高登果然名不虛傳。」他忽然站起來，就像對黑豹一樣，拍著高登的肩：「其實你一進門，我就已知道你是誰了。」

「但你卻不該冒險的。」

「冒險？」

「你本不該讓我這種人帶著槍走到你面前來。」

「但你是黑豹的朋友。」金二爺的態度和平而誠懇：「他的朋友隨便身上帶著些什麼，都隨時可以來找我的。」

「我並不是他的朋友。」

「你不是？」金二爺皺起眉。

「我沒有朋友，我從來也不信任任何人。」高登說的話就像是他手槍裡射出來的子彈：「這世界上我只信任一件事。」

「你信任什麼？」這句話金二爺其實根本就不必問的。

「錢。」高登的回答直接而扼要：「無論是金幣，是銀幣，還是印刷在紙上的鈔票，我都同樣信任。」

金二爺笑了。

他微笑著吸了口雪茄，再噴出來，忽然問道：「你要多少？」

這句話也同樣問得直接而扼要。

「十萬。」

高登拿出了那張支票：「這本是我應該拿到的，我並沒有多要。」

「你的確沒有多要。」金二爺連想都沒有想：「只要事成，這張支票隨時可以兌現。」

高登不再說話。

他很小心的摺起了這張支票，放進他左上方插絲巾的衣袋裡。

金二爺已轉過身，面對黑豹，微笑道：「我說過我有樣禮物要送給你。」

黑豹也笑了笑：「我剛聽說。」

「你現在想不想看看？」

黑豹點點頭。

金二爺微笑著拍了拍手，左面的門後面，立刻就有個人被推了出來。

一個穿著白緞子低胸晚禮服的歐亞混種女人，有一雙淺藍色的美麗眼睛。

只不過現在她眼角已因悲憤、恐懼，和疲倦而露出了皺紋。

梅子夫人。

「她並沒有準備等著去參加她女兒和丈夫的葬禮，天還沒有亮，就已想帶著梅律師的全部家當走了。」金二爺笑得很得意。

「她的動作的確已夠快，不幸我比她還快了一步，我知道你對她有興趣。」

黑豹冷冷的看著這個女人，臉上連一點兒表情都沒有。

金二爺卻在看著他，已皺起了眉：「也許我想錯了，你若對她沒有興趣，我就只好叫她到棺材裡去陪她的女兒和丈夫。」

梅子夫人抬起頭，乞憐的看著黑豹，好像恨不得能跪下來，求黑豹要了她。

現在，她的白種人優越感已完全不見了，現在她才明白中國人並不是她想像中，那種懦弱無能的民族。

只可惜現在已經太遲了。

「她本來的確不能算是個難看的女人，只可惜現在已太老。」黑豹的聲音和他的眼睛同樣冷酷：「現在我對她唯一的興趣，就是在她的小肚子上踢一腳。」

梅子夫人整個人都軟了，好像真的被人在小肚子上踢了一腳。

「但是我對她還有別的興趣。」高登忽然道。

「你？」黑豹在皺眉。

「只要你不反對，這份禮物我可以替你接受。」

黑豹忽又笑了：「我知道這兩天你很需要女人，老女人也總比沒有女人好。」

「我可以帶她走？」

「隨時都可以帶走。」

高登立刻走過去，拉住梅子夫人的臂。

「我現在就帶她回旅館，你們一有消息，我立刻就會趕來。」

他好像覺得時間很寶貴，這句話沒說完，已拉著梅子夫人走了出去。

他走出去的時候，田八爺恰巧上樓。

三

田八爺的臉色蒼白，一雙手不停的微微發抖，連香煙都拿不穩。

「喜鵲已派人來跟我聯絡過，他也正想跟我們當面談條件。」

「好極了。」金二爺的眼睛裡又發出光：「你們是不是已約好了時間和地方？」

田八爺點點頭：「時間就在今天晚上七點，地方是元帥路的那家羅宋飯店。」

「他準備請我們吃飯？」金二爺在微笑著，問田八爺：「難道他還不知道元帥路那邊是你的地盤？」

「他知道，所以他一定要等到我把那一帶的兄弟全撤走之後，才肯露面。」田八爺眼睛裡又露出那種狐狸般的笑：「但他卻不知道，那間羅宋飯店碰巧也是我開的。」

金二爺突然大笑，彎下腰去大笑，笑得連眼淚都幾乎快要流了出來。

「喜鵲是吉鳥，殺之不祥。」范鄂公忽然張開眼睛，微笑著道：「所以你們在殺了他之後，千萬莫要忘記洗洗手。」

「只要洗洗手就夠了！」金二爺笑得更愉快。

「除非你們是用腳踢死他的。」范鄂公悠然道：「那就得洗腳了。」

金二爺又大笑。

他很少笑得這麼樣開心過。

四

十二點五分。

黑豹仰面躺在床上，看著天花板。

天花板上有一條壁虎，突然掉下來，掉在他身上，很快的爬過他赤裸的胸膛。

他連動都沒有動。

壁虎沿著他的臂往下爬，他還是靜靜的看著。

直等到壁虎爬上他的手掌，他的手才突然握緊——他一向是個很能等待的人。

若不是十拿九穩的事，他是絕不會去做的。

現在他已等了一個小時。

波波不知在什麼時候出去的，到現在還沒有回來。

直到他將這條死壁虎擲出窗外時，波波才推開門，看見了他。

她立刻笑了：「你在等我？」

黑豹沒有開心的笑。

「你生氣了，你一定等了很久。」

波波關上門跑過來，坐在他床邊，拉起了他的手，甜蜜的笑容中帶著歉意。

她脖子上已圍起了一條鮮艷的黃絲巾——只要她想做的事，她就一定要做到。

「我知道你要我最好不要出去，可是我實在悶得要命。」波波在逗黑豹開口：「你看我這條圍巾漂不漂亮？」

「不漂亮。」

波波怔住了，好像已有點笑不出來。

黑豹卻又慢慢的接著說了下去：「我看什麼東西都沒有你的人漂亮。」

波波又笑了，眸子裡閃起了春光般明媚，陽光般燦爛的光。

她的人已伏在黑豹胸膛上，她的手正在輕撫著黑豹赤裸的胸膛。

那種感覺就好像壁虎爬過他胸膛時一樣。

黑豹看著她，也沒有動。

「你好像已經有點不喜歡我了。」波波燕子般呢喃著，道：「從昨天晚上到現在，你連碰都沒有碰我。」

她的確是個很敏感的女孩子。

「今天晚上七點鐘之前，我實在不敢碰你。」黑豹彷彿也覺得很遺憾。

「爲什麼？」

「七點鐘我有事。」

「又是那位金二爺的事？」

「嗯。」

「究竟是什麼了不起的大事？」波波的小嘴又噘起來。

「也沒什麼了不起。」黑豹淡淡道：「只不過我今天晚上很可能回不來了。」

「回不來了？」波波跳了起來：「難道有人想殺你嗎？」

「以前也曾經有很多人想殺過我，現在那些人有很多都已進了棺材。」

「這次呢？」

黑豹笑了笑：「這次進棺材的人，很可能是我。」

波波眼睛裡充滿了憂慮：「這次究竟是什麼人想殺你？」

「不是他想殺我，是我一定要殺他。」黑豹的表情又變得很冷酷：「但是，我卻未必能夠殺得了他。」

「他究竟是誰？」

「喜鵲。」黑豹目光遙望著窗外一朵白雲：「今天晚上我跟喜鵲有約會。」

「喜鵲！」波波顯得更加憂慮：「他真的有那麼可怕？」

黑豹嘆了口氣：「也許比我們想像中還要可怕。」

「你能不能不去會他？」

「不能。」

「爲什麼？又爲了那金二爺？」波波咬著嘴唇：「我真想問問他，爲什麼總是喜歡叫人去殺人？爲什麼總是喜歡叫別人去替他拚命？」

黑豹淡淡道：「說不定你以後會有機會的。」

黑豹已睡著。

波波不敢驚動他，她知道他要保存體力。

屋子裡靜得很。

她坐在那裡發著怔，忽然間，她已懂得憂愁和煩惱是怎麼回事了。

她的情人今天晚上就很可能會死。

她的父親還是沒有一點消息。

汽車雖然就停在樓下，黃絲巾雖然已圍在她的脖子上。

可是她現在已全都不想要。

現在她只求能過一種平靜快樂的生活，只求她的生活中不要再有危險和不幸。

現在她終於明白這才是人生中最珍貴的，遠比一萬輛汽車加起來還要珍貴得多。

她好像忽然已長大了很多。

但現在距離她第一步踏上這大都市時，還不到四十個小時。

五

十二點十分。

梅子夫人垂著頭，坐在高登的套房裡，臉上顯得連一點血色都沒有。

高登已出去了很久，一帶她回到這裡來，立刻就出去了。

他根本連碰都沒有碰她。

她不懂這男人是什麼意思，更不知道自己以後該怎麼辦。

她並不是完全沒有爲她的女兒和丈夫悲痛，只不過她從小就是個很現實的女人，對已經過去的事她從來不願想得太多。

因爲她不能不現實。

現在她心裡只在想著這間套房的主人——也就是她的主人。

她的命運已被握在這男人手裡。

但這男人昨天晚上也曾當面羞侮過她，他要她來，是不是爲了要繼續羞侮她？

她不敢想下去，也不能再想下去。

因爲這時高登已推開門走了進來，將手裡拿著的一個很厚的信封，拋在她面前的桌子上。

「信封裡是你的護照、船票，和旅費。」高登的聲音還是很冷淡：「護照雖然是假的，但卻絕不會有人看得出來，旅費雖然不多，但卻足夠讓你到得了漢堡。」

梅子夫人已怔住。

她看著這個男人，眼睛裡充滿了懷疑和不安：「你……你真的肯放我走？」

高登並沒有回答這句話：「你當然並不一定要到漢堡去，但在漢堡我有很多朋友，他們都可以照顧你，信封裡也有他們的姓名和地址。」

梅子夫人看著他，實在不相信世界上竟有他這麼樣的人。

她對男人本來早已失去信心。

「船四點半就要開了，所以你最好現在就走。」高登接著說道：「你若到了漢堡，我只希望你替我做一件事。」

梅子夫人在聽著。

「到漢堡監獄去看看我一個叫羅烈的朋友，告訴他叫他放心，就說我的計劃已接近成功，而且還替他找到那個傻小子了。」

「傻小子？」梅子夫人眨著眼。

「不錯，傻小子。」高登嘴角有了笑意：「你告訴他，他就會明白的。」

「我一定會去告訴他，可是你……你對我……」梅子夫人垂著頭，欲語還休。

「我並不想要你陪我上床。」高登的聲音又變得很冷淡：「現在金二爺也正好沒有心思注意別的事，所以你最好還是快走。」

梅子夫人眼睛忽然充滿了淚水。

那是感激的眼淚。

她從來也沒有這麼樣感激過一個男人。

以前雖然也有很多男人對她不錯，但那些男人都是有目的，有野心的。

她忽然站起來，輕輕的吻了吻這個奇特的男人，眼睛裡的淚水流到了他蒼白的臉上……

高登洗了個熱水澡，倒在床上，心裡充滿了平靜和安慰。

有力量能幫助一些苦難中的人，的確是種非常奇妙而令人愉快的事。

他希望能安安靜靜的睡一覺。

現在還不到一點，距離他們約會的時候還有整整六個小時。

六

六點二十分。

黑豹和高登都已到了金二爺私人用的那間小客廳。

高登已換了件比較深色的嗶嘰西裝，雪白的襯衫配著鮮紅的領帶，皮鞋漆亮。

他的確是個很講究衣著的人。

無論什麼時候看起來，他都像是個正準備赴宴的花花公子。

黑豹還是穿著一身黑短褂。

薄薄的衣衫貼在他堅實健壯的肌肉上，他全身都好像充滿了一種野獸般矯健慓悍的力量。

高登看著他，目中帶著笑意：「你的確不必花錢在衣服上。」

「爲什麼？」

「像你這種身材的人，最好的裝束就是把身上的衣服全都脫光。」

黑豹也笑了。

金二爺看著他們，臉上也露出很愉快的表情。

他希望他們密切合作。

假如他們能永遠在他身旁保護他，他也許能活到一百二十歲的。

「時候快到了吧。」田八爺一直在不停的踱著方步，現在卻忽然停了下來，神情顯得焦躁而且不安。

金二爺卻還在微笑著，對這件事，他幾乎已有十成把握。

「我們六點三刻走，六點五十五分就可以到那裡，我們不必去得太早。」

田八爺只好點點頭，又燃起了一根香煙。

「你能不能把那邊已佈置好的人再說一次。」金二爺希望他的神經能鬆弛些。

「飯館裡四個廚子，六個茶房，都是我們的人。」田八爺道：「外面街角上的黃包車伕，擺香煙攤的，賣花的，也全都是，連十字路口上那個法國巡捕房的巡警，也已被我買通了。」

「裡裡外外一共有多少人？」

「大概有三十個左右。」

「真能打的有多少？」金二爺再問。

「個個都能打。」田八爺回答：「但爲了小心起見，他們身上大多都沒有帶傢伙。」

「那不要緊，」金二爺道：「我這麼樣問只不過防備他們那邊的人混進來，到時候真正動手的，還是高登和黑豹。」

他聲音裡充滿自信，因爲他對這兩個人手底下的功夫極有信心。

這大都市裡，絕對找不出比他們功夫更強的人。

「你想喜鵲會帶哪兩個人去？」田八爺還是顯得有點不放心。

「想必是胡彪胡老四，和他們的紅旗老么。」

「聽說這紅旗老么練過好幾種功夫，是他們幫裡的第一把好手。」田八爺轉向黑豹：「你以前跟他交過手沒有？」

「沒有，」黑豹淡淡的笑了笑：「所以他現在還活著。」

田八爺不再說什麼，就在這時，他們已聽到了敲門聲，有人報告：

「外面有人送了樣東西來。」

「是什麼？」

「好像是一隻喜鵲。」

喜鵲在籠子裡。

漆黑的鳥，漆黑的籠子。

鳥爪上卻繫著捲白紙，紙上寫著：

遍。

「不醉無歸小酒家，準七點見面。」

田八爺重重的一跺腳：「這怎麼辦？他怎麼會忽然又改變了約會的地方？」

金二爺還是在凝視著手裡的紙條子，就好像還看不懂這兩句話的意思，看了一遍，又看一

「要不要我先把羅宋飯店那邊的人調過去？」田八爺道：「兩個地方的距離並不遠。」

「不行，」金二爺立刻搖頭：「那邊的人絕對不能動。」

「為什麼？」

「他突然改變地方，也許就是要我們這麼樣做，來探聽我們的虛實。」金二爺沉思著，慢慢的接下去：「何況這隻鳥的確狡猾得很，事情也許還有變化，我們千萬不能輕舉妄動。」

「那麼你的意思是……」

金二爺冷冷的笑了笑：「不醉無歸小酒家那邊，難道就不是我們的地盤？我們又何必怕他？」

「但那地方以前是老三的。」

「老三的人，現在就是我的人，那裡的黃包車伕、領班王阿四，從三年前就開始拿我的錢了。」金二爺冷笑著，忽然轉頭吩咐站在門口的打手頭目金克：「你先帶幾個平常比較少露面的兄弟，扮成從外地來的客人，到不醉無歸的小酒家去喝酒，衣裳要穿得光鮮點。」

「是。」

「還有，」金二爺又吩咐：「再去問問王阿四，附近地面上有沒有什麼行跡可疑的人。」

「是。」金克立刻就匆匆趕了出去。

他也姓金，對金二爺一向忠心耿耿，金二爺交代他的事，他從沒有出過漏子。

金二爺又噴出口煙：「我們還是照原來計劃，六點三刻動身，老八你就留守在這裡，等我們的好消息。」

六點五十五分。

不醉無歸小酒家和平時一樣，又賣了個滿堂，只有一張桌子是空著的。

「我們已調查過所有在附近閒逛的人，絕沒有一個是喜鵲那邊的。」王阿四在金二爺的汽車窗口報告。

「裡面的十一桌客人，除金克帶來的兩桌外，也都是老客人，他們的來歷我都知道。」不醉無歸小酒家的茶房領班小無錫，人頭一向最熟，他也是跟金二爺磕過頭的。

於是金二爺就啣著他的雪茄，帶著高登和黑豹下了汽車。

七點正。

不醉無歸小酒家裡那張空桌子上，忽然出現了一隻鳥籠子。漆黑的鳥籠，漆黑的鳥。

滿屋子客人突然全都閉上了嘴，看著金二爺大步走了進來。

本來亂糟糟的地方突然沉寂了下來，只剩下籠子裡的喜鵲「刮刮刮」的叫聲，好像在向人報告。

喜鵲的腳爪上，也繫著張紙條子。

上面寫著：「還是老地方，七點十分。」

金二爺冷笑，看著籠子裡的喜鵲：「不管你有多滑頭，現在你反正已在籠子裡，看你還能往哪裡呢？」

七點十二分。

本來生意也很好的羅宋飯店，現在店裡卻只有三個客人。

因爲門口早已貼上了「休業一天」的大紅紙條，今天來的客人們全都吃了閉門羹。

但店裡的八個侍役還是全都到齊了，都穿著雪白的號衣，屏著呼吸，站在牆角等。

金二爺也在等。

他已等了四分鐘，喜鵲還是連人影都不見。

金二爺還是紋風不動的坐著，嘴裡的雪茄煙灰又積了一寸長。

高登看著他，目中早已露出讚佩之色，就憑他這份鎮定功夫，已無怪他能做這大都市裡的第一號大亨。

那喜鵲又是個怎麼樣的人呢？

七點十四分。

羅宋飯店的門突然開了，兩個人閃身走了進來，果然是胡彪胡老四和他們的紅旗老么。

胡彪的臉色看來還青裡發白，白裡發青，一看見黑豹，就立刻瞪起了眼睛。

紅旗老么卻鎮定得多。

他也是很精壯，很結實的小伙子，剃著平頭，穿著短褂，一雙手又粗又短，指甲發禿，一看就知道是練過鐵沙掌這一類功夫的。

他一雙發亮的大眼睛，正在的溜溜的四下打轉。

只看他這雙眼睛，就可以發現他不但功夫好，而且還是個很精明的人。

胡彪的眼睛卻還是在盯著黑豹，突然冷笑：「我就知道今天你會來。」

黑豹冷冷道：「想不到你的傷倒好得很快。」

胡彪冷笑道：「那只不過因爲你的手太軟。」

「現在不是鬥嘴的時候，」金二爺皺著眉，打斷了他們的話：「喜鵲呢？」

「你先叫這些茶房退下去。」紅旗老么做事顯然也很仔細。

「他們都是這飯店裡的人。」金二爺淡淡道：「我又不是這飯店的老闆。」

紅旗老么道：「他們不走，我們就沒有生意談。」

金二爺還沒有開口，侍役們已全都知趣的走開了，走得很快，好像誰都不願意惹上這場是非。

紅旗老么這才覺得滿意了，立刻從懷裡掏出一塊紅巾，向門外揚了揚。

三分鐘之後，門外就有個穿著黑衣衫，戴著黑墨鏡的彪形大漢，一閃身就走了進來。他看來比別人至少要高一個頭，但行動還是很敏捷，很矯健。

他的年紀並不大，臉上果然長滿了大麻子，再配上一張特別大的嘴，使得他這張嘴看來好像總是帶著種威嚴和殺氣。

喜鵲終於出現了。

八 報復

一

七點十七分。

喜鵲已經和金二爺面對面的坐了下來。

他坐著的時候，還是比金二爺高了一個頭，這好像使金二爺覺得有點不安。

金二爺一向不喜歡仰著臉跟別人說話。

喜鵲當然也在盯著他，忽然道：「你是不是要我放了田八爺的三姨太？」

金二爺笑了：「你真的認爲我會爲了一個女人冒險到這裡跟你談條件？」

「你還要什麼？」

「是你約我來的，」金二爺又點燃一根雪茄：「你要什麼？」

「這地方你已霸佔了很久，錢你也撈夠了。」

「你的意思是說我已經應該退休了？」

「不錯，」喜鵲挺起了胸：「只要你肯答應，我非但可以把我們之間的那筆賬一筆勾銷，還可以讓你把家當都帶走，那已經足夠你抽一輩子雪茄，玩一輩子女人了。」

金二爺看著他，忽然發現這個人說的話非但粗俗無味，而且幼稚得可笑。
這個人簡直和他以前想像中那個陰沉、機智、殘酷的喜鵲完全是兩回事。
這簡直連一點做首領的氣質和才能都沒有。
金二爺實在想不通像胡彪和紅旗老么這種人，怎麼會服從他的？
喜鵲居然完全看不出金二爺臉上露出的輕蔑之色，還在洋洋得意：「你可以慢慢考慮考慮，這條件已經很不錯，你應該答應的。」
金二爺又笑了：「這條件實在不錯，我實在很感激，只不過我還有句話要問你。」
「你可以問。」
金二爺微笑著，看著他：「我實在看不出你究竟是個人，還是個豬？」
喜鵲的臉色變了。
金二爺淡淡道：「你難道從未想到過，這地方是我的地盤，我手下的人至少比你多五倍，我爲什麼要讓你？何況，現在我就可以殺了你。」
喜鵲的神情反而變得鎮定了下來，冷笑道：「你既然可以殺我，爲什麼還不動手？」
金二爺沉下了臉，忽然在煙缸裡撳滅了他手上那根剛點燃的雪茄。
這是他們早已約定了的暗號。
一看到這暗號，黑豹和高登本就該立刻動手的。
但現在他們卻一點反應也沒有。

金二爺已開始發現有點不對了，忍不住回過頭，去看黑豹。

黑豹動也不動的站著，臉上帶著很奇怪的表情，就跟他眼看著壁虎爬入他的手心時的表情一樣。

金二爺忽然覺得手腳冰冷。

他看著黑豹黝黑的臉，漆黑的眸子，深黑的衣裳。

喜鵲豈非也是黑的？

金二爺忽然明白了這是怎麼回事，他的臉立刻因恐懼而扭曲變形。

「你……你才是真的喜鵲！」

黑豹既沒有承認，也沒有否認。

金二爺咬了咬牙：「你們就算殺了我，你們自己也逃不了的。」

「哦？」

「這地方裡裡外外都是我的人。」

黑豹忽然也笑了。

他輕輕拍了拍手，小無錫立刻帶著那八個穿白號衣的茶房走出來，臉上也全都帶著微笑。

「從今天起，你就是這地方的老闆！」黑豹看著小無錫：「我說過的話一定算數。」

小無錫彎腰鞠躬。

他身後的八個人也跟著彎腰鞠躬。

「去告訴外面的王阿四，他已經可以帶他的兄弟去喝酒了。」黑豹又吩咐：「今天這裡已不會有事。」

「是。」小無錫鞠躬而退，從頭到尾，再也沒有看金二爺一眼。

金二爺忽然伸手入懷，想掏他的槍。

但他立刻發現已有一根冰冷的槍管貼在他後腦上。

他全身都已冰冷僵硬，冷汗已從他寬闊的前額上流了下來。

對面的三個人全都笑了，現在他們已經可以放心大膽的笑。

這不可一世的首號大亨，在他們眼中，竟似已變成了個死人。

金二爺身上的冷汗已濕透衣服。

「現在我也有句話想問問你，」那穿著黑衫的大漢瞇起眼睛看著他，道：「你究竟是個人？還是個豬？」

七點二十二分。

金二爺流血流汗，苦幹了三十年，赤手空拳打出的天下，已在這十五分鐘內完全崩潰！

他的人也倒了下去。

黑豹突然一掌切下，正劈在他左頸的大動脈上。

二

七點三十四分。

黑豹和高登已帶著昏迷不醒的金二爺回到金公館。

田八爺正在客廳裡踩著方步。

黑豹一走進來，他立刻停下腳步，轉過身，冷冷的凝視著黑豹。

黑豹也在冷冷的看著他。

兩個人動也不動的對面站著，臉上都帶著種很奇怪的表情。

然後田八爺忽然問道：「一切都很順利？」

黑豹點點頭。

「我已吩咐過所有的兄弟，你的命令，就是我的命令。」田八爺道。

「他們都很合作。」

田八爺臉上終於露出了很得意的微笑，他顯然在爲自己的命令能執行而驕傲。

他微笑著走過來拍黑豹的肩：「我們這次合作得也很好。」

「好極了。」

「金老二只怕連做夢都想不到你就是喜鵲，更想不到我會跟你合作。」

黑豹也開始微笑：「他一向認爲你是個很隨和、很容易知足的人，只要每天有好煙好酒，再找個女人來陪著，你就不會想別的事了。」

「提起酒，我的確應該敬你一杯。」田八爺大笑著：「你雖然一向不喝酒，但今天總應該破例一次的。」

後面立刻有人倒了兩杯酒來。

田八爺拉著黑豹走過去，對面坐下來，微笑著舉杯，道：「現在這地方已經是我們兩個人的天下了，我是大哥，你是老弟，我們什麼事都可以商量。」

「什麼事老弟都應該聽大哥的。」

田八爺又大笑，忽又問道：「小姍呢？」

小姍就是他三姨太的名字。

「我已派人去接她。」黑豹回答：「現在她必已經快到了。」

他並沒有說錯。

這句話剛說完，小姍已扭動著腰肢，媚笑著走了進來。

田八爺笑得眼睛已瞇成一條線：「小寶貝，快過來讓你老公親一親。」

小姍的確走了過來，但卻連看都沒有看他一眼，一屁股就坐在黑豹身上，勾起了黑豹的脖子，媚笑著：「你才是我的老公，這老王八蛋居然一點也不知道。」

田八爺的臉也突然僵硬了，就像突然被人抽了一鞭子。

然後他全身都開始發抖，冷汗也立刻開始不停的流下來。

他忽然發現他是完全孤立的，他的親信都已被派到羅宋飯店去，而且他還再三吩咐他們：

「黑豹的命令，就是我的命令。」

直到現在，他才真正瞭解黑豹是個多麼冷酷，多麼可怖的人。

現在當然已太遲了。

「我若早知道小姍喜歡你，早就已把她送到你那裡去了。」田八爺又大笑：「我們兄弟當然不會爲了個女人傷和氣。」

黑豹冷冷的看著他，臉上連一點表情都沒有。

「我是個懶人，年紀也有一大把了，早就應該耽在家裡享享清福。」田八爺笑得實在很勉強：「這裡的大事，當然都要偏勞你來做主。」

黑豹還是冷冷的看著他，忽然推開小姍，走過去挾起了金二爺，用一杯冷水淋在他頭上。

金二爺突然清醒，吃驚的看了看他，又看了看田八爺。

黑豹冷冷道：「你現在是不是已明白王阿四他們怎麼會聽我的話了？」

金二爺咬著牙，全身都已因憤怒而發抖：「原來你們早已串通好了來出賣我！」

「我不是你的兄弟，他卻是的，但他卻安排要你的命。」黑豹淡淡道：「你呢？……莫忘記你身上還有把槍？」

金二爺的槍已在手，眼睛裡已滿佈紅絲。

田八爺失聲驚呼：「老二，你千萬不能聽……」

這句話還沒有說完，槍聲已響。

一響，兩響，三響……

田八爺流著血倒了下來，金二爺突然用力拋出手裡的槍，眼睛裡已流下淚來……

客廳裡突然變得墳墓般寂靜，也許這地方本就已變成了個墳墓。

過了很久，黑豹忽然聽到一陣疏落的掌聲。

「精采，精采極了。」高登慢吞吞的拍著手：「不但精采，而且偉大。」

他忽又嘆了口氣：「現在我只奇怪，怎麼會有人叫你傻小子的？」

黑豹淡淡的一笑：「那也許只因爲我很會裝傻。」

「現在我應該叫你什麼？」高登也笑了笑：「是傻小子？是黑豹？還是喜鵲？」

「隨便你叫什麼都可以。」黑豹微笑著：「但別人現在已該叫我黑大爺了。」

高登凝視著他，又過了很久，才緩緩道：「黑大爺，現在你能不能先把那十萬塊給我？」

「你現在就要走？」

「只要一有船開，我就回漢堡。」高登的聲音很淡漠：「我既不想做你的老弟，更不敢做你的大哥。」

「現在銀行已關門，」黑豹沉吟著：「那十萬塊明天一早我就送到你那裡去。」

「你能辦得到？」

「我很瞭解朱百萬，他是個很懂得見風轉舵的人，現在他已應該知道誰是他的後台老闆了。」

高登一句話都沒有再說，立刻轉身走了出去，頭也不回的走了出去。

八點五分。

一個敢用自己腦袋去撞石頭的鄉下傻小子，終於一頭撞出了他自己的天下。

從現在起，這都市裡的第一號大亨也不再是別人，是黑豹！

但是他報復的行動卻剛開始。

他很快的發出了兩道命令：

「到六福公寓的酒樓去，把住在六號房的那女人接來，就說我在這裡等她。」

「再送一百支茄力克，一打白蘭地到范鄂公那裡去，就說我已吩咐過，除了他每月的顧問費仍舊照常外，我每個月另外再送五百塊大洋作他老人家的車馬費。」

他知道要做一個真正的大亨，像范鄂公這樣的清客是少不了的。

然後他才慢慢的轉過身子來，面對著金二爺：「你是不是很想看看這兩天晚上迷住我的那個婊子？」

金二爺倒在沙發上，似已連抬頭的力氣都沒有了。

黑豹冷笑道：「你是不是也想把她從我手裡搶走？就像你以前搶走沈春雪一樣！」

沈春雪就是那個像波斯貓一樣的女人。

一提起這個名字，黑豹眼睛裡就立刻充滿了憤怒和仇恨。

金二爺的臉又開始扭曲，道：「你這樣對我？難道只不過因爲我搶走了她？難道只不過因爲一個女人？」

他實在不能瞭解這種事，因爲他永遠不能瞭解那時黑豹對沈春雪的感情。

在黑豹心目中，她並不僅僅是「一個女人」。

她是他第一個戀人，也是他的妻子。

他對她絕對忠實，隨時隨地都準備爲她犧牲一切，因爲他愛她甚於自己的生命。

這種刻骨銘心，永恆不變的愛情，也正是金二爺這種人永遠無法瞭解的。

直到現在，一想起這件事，黑豹心裡還是像有把刀在割著一樣。

「你雖然能搶走沈春雪，但現在我這個女人，卻是你永遠也不能帶上床的。」黑豹嘴角忽然露出一種惡毒而殘酷的笑意，一個字一個字的接下去道：「因爲她就是你的親生女兒！」

金二爺霍然抬起頭，臉上的表情甚至比聽到黑豹就是喜鵲時更痛苦、更吃驚。

「她本是到這裡來找你的，只可惜她並不知道趙大爺來到這裡後，就變成了金二爺。」

金二爺突然大吼道：「你隨便對我怎麼樣報復都沒關係，但是她跟你並沒有仇恨，你爲什麼要害她？」

「我並沒有害她，是她自己要跟我的。」黑豹笑得更殘酷：「因爲我是她的救命恩人，我從喜鵲的兄弟們手裡救出了她。」

金二爺握緊雙拳，突然向他撲了過來，好像想親自用雙手來活生生的扼斷這個人的脖子。

可惜黑豹的手已先摑在他臉上。

他倒下去的時候，他的女兒正躺在床上爲黑豹擔心，擔心得連眼淚都快流了出來。

三

沈春雪蜷曲在沙發上，身子不停的在發抖。

她那張美麗撒嬌的臉，已蒼白得全無血色，那雙會說話的眼睛，也已因恐懼和悔恨變得像白癡一樣麻木呆滯。

她的確很後悔，後悔自己不該爲了虛榮而出賣自己的丈夫，後悔自己爲什麼一直都看不出黑豹這種可怕的勇氣和決心。

只可惜現在她後悔也已太遲。

黑豹就坐在對面，卻連看都沒有看她一眼，就好像世上已根本不再有她這麼樣一個人存在。

他在等，等著更殘酷的報復。

但世上也許已沒有任何事能完全消除他心裡的憤怒和仇恨。

左面的門上，排著很密的竹簾子，是剛剛才掛上去的。

門後一片漆黑。

金二爺就坐在門後面，坐在黑暗裡，外面的人看不見他，他卻可以看見外面的人。

他可以看，可以聽，卻已不能動，不能發出一點聲音。
他的手腳都已被緊緊綁住，他的嘴也被塞緊。
外面立刻就要發生的事，他非但不敢去看，甚至連想都不敢想。
現在他只想死。
只可惜現在對他說來，「死」也已跟「活」同樣不容易。

八點三十五分。
波波已走下了黑豹派去接她的汽車，眼睛裡充滿了興奮而愉快的表情。
這是她第一次坐汽車。
這也是她第一次走進如此堂皇富麗的房子。
最重要的是，現在黑豹還活著，而且正在等她。
波波覺得開心極了，她這一生從來也沒有像現在這樣開心過。
等她看見了客廳裡那些華貴的傢具，鑽石般發著光的玻璃吊燈，她更忍不住悄悄的伸了伸舌頭，悄悄的問那個帶她來的年輕人：「這裡究竟是誰的家？」
「本來是金二爺的。」這年輕人垂著頭，好像連看都不敢看她一眼。
現在每個人都已明白，對黑豹不忠實是件多麼危險的事。
現在已絕對沒有人敢再冒險。

「本來是金二爺的家，現在難道已不是了？」波波卻還在追問。

「現在這地方已經是黑大哥的。」

「是他的？」波波幾乎興奮得叫了起來：「是金二爺送給他的？」

「不是，」這年輕人冷笑著：「金二爺一向只拿別人的東西，從不會送東西給別人。」

他也知道自己這句話說得並不公平，但卻不能不這麼樣說。

他生在這種地方，長在這種地方，十二歲的時候，就已學會了很多，現在他已二十。

「既然金二爺並沒有送給他，這地方怎麼會變成了他的？」波波是個打破沙鍋問到底的人。

「我也不太清楚，趙小姐最好還是……」

這年輕人正在猶豫著，突然聽見樓上有人在喊他的名字。

「小白，」喊他的這個人在微笑，但是微笑時也帶著種很殘酷的表情：「你是準備請趙小姐上樓來，還是準備在樓下陪她聊天？」

小白的臉上突然變得全無血色，眼睛裡也立刻充滿驚慌和恐懼。

波波甚至可以感覺到他的手已開始發抖。

那個笑得很殘酷的人已轉身走上了三樓，波波忍不住問：「這個人是誰？」

小白搖搖頭。

「你怕他？」

「我……」小白連嘴唇都彷彿在發抖。

「你只要沒有做錯事，就不必怕別人。」波波昂起了頭：「我從來也沒有怕過任何人。」

小白忍不住看了她一眼，又立刻垂下頭：「趙小姐請上樓。」

「我爲什麼不能在樓下先看看再上去？」波波說話的聲音很大，好像故意要讓樓上的人聽見：「我爲什麼不能先跟你聊聊？」

小白的臉色更蒼白，悄悄道：「趙小姐假如還想讓我多活兩年，就請快上樓。」

「爲什麼？」波波覺得很驚奇。

小白遲疑著：「黑大哥已在上面等了很久，他……他……」

「他怎麼樣？」波波笑了：「你在樓下陪我聊聊天，他難道就會打死你？你難道把他看成了個殺人不眨眼的兇神惡霸？」

她覺得這年輕人的膽子實在太小，她一向覺得黑豹並沒有什麼可怕的。

這是她現在的感覺。

十分鐘之後，她的感覺也許就完全不同了。

四

八點四十五分。

沈春雪的腿已被她自己壓得發麻，剛想改變一下坐的姿勢，就看見一個年紀很輕的女孩子走了進來。

這女孩子的眼睛很亮，臉上連一點粉都沒有擦，柔軟的頭髮又黑又直，顯然從來也沒有燙過。

沈春雪的心突然發疼。

這女孩子幾乎就和她五年前剛見到黑豹的時候完全一樣。

一樣活潑，一樣純真，一樣對人生充滿了希望和信心。

但現在她卻已像是一朵枯萎了的花——剛剛開放，就立刻枯萎了。

這五年的改變實在太大。

波波當然也在看她，看著她鬈曲的頭髮，看著她塗著口紅小巧的嘴，看著她大而疲倦的眼睛，成熟而誘人的身材。

「這女人簡直就像是個小妖精！」波波心在想，她不知道這小妖精是不是準備來迷黑豹的。

她相信自己長得絕不比這小妖精難看，身材也絕不比她差。

「可是這小妖精一定比我會迷人，我一看她樣子就知道。」波波心這麼想的時候，臉上的笑容就立刻變得有些僵硬了。

黑豹正在注意著她臉上的表情，終於慢慢的走過來：「你來遲了。」

「這裡反正有人在陪你。」波波噘起了嘴：「我來遲一點又有什麼關係？」

她不想掩飾她的醋意，也不想掩飾她跟黑豹的親密關係。

黑豹笑了，微笑著摟住了她，嘴唇已吻在她小巧玲瓏的脖子上，說：「我想不到你原來是個醋罐子。」

「正經點好不好。」波波雖然在推，但嘴角已露出了得意的微笑，她覺得自己還是佔上風的，所以就不如索性做得大方點。

「你還沒有跟我介紹這位小姐是誰？」

「她姓沈。」黑豹淡淡的說：「是我的未婚妻。」

波波的臉色變了，就好像突然被人重重的摑了一耳光。

黑豹看著她臉上的表情，慢慢的接著道：「她本來是我的未婚妻。」

波波立刻追問：「現在呢？」

黑豹的眼睛又變得刀鋒般冷酷：「現在她是金二爺最得寵的姨太太。」

波波鬆了口氣，卻又不免覺得很驚訝，忍不住問道：「你的未婚妻，怎麼會變成了金二爺的姨太太？」

「因爲金二爺是個又有錢，又有勢的男人，沈小姐卻恰巧是個又喜歡錢，又喜歡勢的女人。」黑豹的聲音也像是刀鋒，彷彿想將沈春雪的心割碎。

波波忍不住輕輕嘆息了一聲，嘆息聲中包括了她對這女人的輕蔑，和對黑豹的同情。

但她還是忍不住要問：「你以前是不是很愛她？」

黑豹點點頭：「那時我還不瞭解她，那時我根本還不瞭解女人。」

「女人並不完全是這樣子的。」波波立刻抗議。

「你當然不是。」黑豹又摟住了她。

這次波波已不再推，就像隻馴良的小鴿子，依偎在他懷裡，輕撫著他輪廓突出的臉：「告訴我，這件事是怎麼發生的？」

「金二爺要看看我的未婚妻，我就帶她來了。」

「然後呢？」

「過了兩天之後，金二爺就要我到外地去爲他做一件事。」

「一件要你去拚命的事？」

黑豹又點點頭，目中露出譏誚的冷笑：「只可惜那次我居然沒有死。」

「你回來的時候，她已變成了金二爺的姨太太？」波波聲音裡充滿同情。

黑豹握緊雙拳，黯然道：「也許那次我根本就不該回來的。」

「那是多久以前的事？」

「四年，還差十三天就是整整四年。」黑豹慢慢的說：「自從那次我走了之後，再見到她時，她好像已完全不認得我。」

「你……你也就這樣子忍受了下來？」

「我不能不忍受，我只不過是個窮小子，又沒有錢，又沒有勢。」

沈春雪悄悄的流著淚，默默的聽著，一直到現在才開口：「我知道你恨我，我看得出，可是你知不知道，我每次看見你的時候，卻恨不得跪到你面前去，向你懺悔，求你原諒我？」

波波忍不住冷冷的說道：「你大概並沒有真的這樣做吧。」

「我沒有。」沈春雪的眼淚如泉水般流下：「因爲金二爺警告過我，我若再跟黑豹說一句話，他就要我死，也要黑豹死！」

「金二爺，這個金二爺究竟是個人，還是個畜牲？」波波的聲音裡也充滿了憤怒和仇恨：「你在爲他去拚命的時候，他怎麼忍心這麼樣對你？」

黑豹眼睛裡又露出那種殘酷的譏誚之意：「因爲他的確不是個人。」

波波恨恨道：「我若是你，我一定會不擇一切手段來報復的。」

黑豹看著她道：「我應該不擇一切手段來對他採取報復？」

「當然應該，」波波毫不考慮：「對這種不是人的人，無論用什麼手段都是應該的。」

「我若有機會報復時，你肯做我的幫手？」

「當然肯。」波波的眼裡忽然發出了光：「你現在是不是已經有了機會？」

「你怎麼知道？」

波波的眼睛更亮：「我聽說他這地方已經變成了你的。」

黑豹突然笑了。

波波試探著問道：「你是不是已經殺了他？」

「現在還沒有。」黑豹微笑著：「因爲我知道你一定想看看他的。」

波波也笑了：「我不但想看看他，簡直恨不得踢他兩腳。」

金二爺的胃在收縮，就好像真的被人在肚子上重重的踢了兩腳。

他親眼看見他女兒走進來，親眼看見他女兒倒在仇人的懷裡。

他親耳聽見他自己親生的女兒在他仇人面前辱罵他，每個字都聽得清清楚楚。

他想嘔吐，嘴卻已被塞住。

他不想讓別人看見他流淚，卻已忍不住淚流滿面。

他在後悔。

並不是爲了自己做錯事而後悔，而是在後悔自己以前爲什麼沒有殺了黑豹。

只可惜現在無論爲了什麼後悔，都已太遲了。

他情願永遠不要再見自己的女兒，也不願讓波波知道那個「不是人的人」就是她自己的父親。

可是黑豹卻已在大聲吩咐：「帶金二爺出來。」

五

九點正。

樓下的自鳴鐘敲到第六響的時候，波波終於見到了她的父親。

金二爺也終於面對他的女兒。

沒有人能形容他們父女在這一瞬間的感覺，也沒有人能瞭解，沒有人能體會。

因爲一億個人中，也沒有一個人會真的經歷到這種事。

波波整個人似已突然變成空的，彷彿一個人好不容易總算已爬上了萬丈高樓，突然又一腳踏空。

現在她的人雖然能站著，但她的心卻已沉落了下去，沉落到腳底。

她用力咬著嘴唇，拚命不讓自己的眼淚流下來。

可是她已看見她父親面上的淚痕。

在這一刻之前，她從來也想不到她父親也有流淚的時候。

他本是她心目中的偶像，她心目中的神。

黑豹就站在她身旁，冷冷的看著他們父女。

已沒有人能形容他此刻的表情。

獵人們看著已落入自己陷阱的野獸時，臉上並不是這種表情。

野獸看著自己爪下的獵物時，也不是這種表情。

他的目光雖然殘忍冷酷，卻彷彿又有一種說不出的空虛和惆悵。

金二爺忽然轉過頭，面對著他，冷冷道：「現在你已讓她看見了我。」

黑豹點點頭。

「這還不夠？」金二爺臉上幾乎連一點表情都沒有，淚也乾了。

無論誰能爬到他以前爬到過的地位，都一定得要有像牛筋般強韌的神經，還得有一顆像剛從冷凍房裡拿出來的心。

黑豹看了看他，又看了看他的女兒，忽然問道：「你們沒有話說？」

「無論什麼話，現在都已不必再說。」金二爺嘴角露出一絲又苦又澀的笑容：「她本來雖然要踢我兩腳的，現在當然也無法踢了。」

「你呢？」黑豹忽然問波波：「你也沒有話說？」

波波的嘴唇在發抖，卻昂起了頭，大聲道：「我想說的話，還是不要說出來的好。」

黑豹冷笑：「你是想痛罵我一頓，還是想替你父親求我？」

「求你有沒有用？」波波終於忍不住問。

黑豹沉吟著：「我問過你，是不是應該不惜一切手段報復他的。」

「你的確問過。」

「現在我已照你說的話做了。」

「你也的確做得很徹底。」波波咬緊了牙。

「現在你是不是還認爲我應該這麼樣做？」黑豹問出來的話就像是刀鋒。

波波挨了這一刀，她現在已完全無法抵抗，更無法還手。

黑豹突然大笑，大笑著轉過身，面對著沈春雪。

沈春雪面上的驚訝之色已勝過恐懼，她也從未想到這少女竟是金二爺的女兒。

「你是不是說過一切事都是他逼你做的？」黑豹的笑聲突然停頓。

沈春雪茫然點了點頭。

「現在你爲什麼不報復？」黑豹的聲音又冷得像刀鋒。

「我……」

「你可以去撕他的皮，咬他的肉，甚至可以殺了他，你爲什麼不動手？」

沈春雪終於站起來，慢慢的走到金二爺面前，看著他，忽然笑了笑，笑得又酸又苦：「我本來的確恨過你，我總是在想，總有一天你會遭到報應的，到那時我就算看到你的死屍被人丟在陰溝裡，我也不會掉一滴眼淚的。」

金二爺靜靜的聽著。

「可是現在我已發現我想錯了。」沈春雪的聲音突然變得很平靜，像是已下了很大的決心：「現在我才知道，你雖然很可恨，但有些人做的事卻比你更可恨、更殘酷。」

她說的那些人，自然就是在說黑豹。

「他要報復你，無論誰都沒有話說。」沈春雪慢慢的接下去：「可是你的女兒並沒有錯，他不該這樣子傷她的心。」

金二爺看著她，目中突然露出了一絲安慰之色，自從他倒了下來之後，這是他第一次聽到有人在爲他說話。

爲他說話的這個人，卻是他曾經傷害過的人。

「我對不起你。」金二爺突然說道：「我也連累了你。」

「你沒有。」沈春雪的聲音更平靜：「一開始雖然是你勉強我的，但後來你對我並不壞，何況，若不是我自已喜歡享受，我也不會依了你。」

金二爺苦笑。

「我本來可以死的，」沈春雪又道：「黑豹恨我，就因爲我沒有爲他死。」

黑豹握緊了雙拳，臉色已蒼白如紙。

沈春雪突然轉身，看著他：「可是我現在已準備死了，隨便你想要我怎麼死都沒關係。」

「我不想要你死。」黑豹忽然又露出他雪白的牙齒微笑：「我還要你們活下去，舒舒服服的活下去。」

沈春雪彷彿吃了一驚：「你……你還想怎麼樣折磨我們？」

黑豹沒有回答這句話，冷笑著道：「我要你們好好的活著，好好的去想想以前的那些事，也許你們會越想越痛苦，但那卻已和我無關了。」

沈春雪的身子突然發抖，金二爺也突然變得面如死灰。

因爲他們心裡都明白，活著有時遠比死還要痛苦得多。

「你爲什麼不痛痛快快的殺了我？」金二爺突然大吼。

「我怎麼能殺你？」黑豹笑得更殘酷：「莫忘記有時我也可以算是你的女婿。」

金二爺握緊雙拳，身子也已突然開始發抖。

過了很久，他又轉過頭，凝視著他的女兒，目中充滿了痛苦之色，忽然長長嘆息。

「你不該來的！」

波波咬著嘴唇，沒有說話。

她生怕自己一開口就會忍不住失聲痛哭起來。

她發誓絕不哭，絕不在黑豹面前哭。

她昂起了頭，告訴自己：「我已經來了，而且是我自己願意來的，所以無論發生了什麼事情，我都絕不後悔。」

可是現在她終於已瞭解黑豹是個多麼可怕的人，也已瞭解這大都市是個多麼可怕的地方。

「這裡的確是個吃人的世界。」

「黑豹就是個吃人的人。」

現在她才明白，是不是太遲了？

現在才九點十五分。

她前天晚上踏上這大都市的時候，也恰巧是九點十五分。

她到這裡來，只不過才兩天，整整兩天。

這兩天來她所遇到的事，卻已比她這一生中加起來還多。

金二爺已被人挾著走了出去。

波波看著他的背影，若是換了別的女孩，一定會跑下來，跑在黑豹面前，流著淚求他饒了她的父親。

可是波波沒有這麼樣做。

她不是別的女孩子，波波就是波波。

她非但沒有跑下來，沒有流淚，反而昂起了頭，用盡全身力氣大喝：「不管怎麼樣，你還活著，不管怎麼樣，活著總比死好……」

九 針鋒

一

波波已坐了下來，就坐在沈春雪剛才坐的地方。

但她絕不是沈春雪那樣的女人，她坐的姿勢也跟沈春雪完全不一樣。

沈春雪坐在這裡的時候，總是低著頭的。

波波絕不低頭。

她好像永遠都在準備著去抵抗各種壓力和打擊。

黑豹正坐在她對面，凝視著她，彷彿直到現在才真正看清她這個人。

他們本是從小在一起長大的，但是他忽然發現自己竟一直都不瞭解她。

男人又幾時真正瞭解過女人？

「你是不是在後悔？」黑豹忽然問。

「後悔？」波波居然笑了笑道：「我爲了什麼要後悔？」

「因爲你本不該來的。」

「我已經來了。」波波道：「而且我想要做的事，現在也全都已做到了。」

「哦？」

「我想要輛汽車，現在我已有了輛汽車，」波波居然還在微笑：「我本是來找我爸爸的，現在我也已找到了他。」

「你真的不後悔？」

「後悔什麼？」

「後悔看到了他那種樣子，後悔知道了他是個怎麼樣的人。」黑豹冷冷的說。

「他是我的爸爸，他無論是個怎麼樣的人，我都應該知道。」波波的態度更堅強。

「你也不後悔遇見了我？」

波波突然冷笑：「你是不是認爲我應該後悔？」

黑豹凝視著她，忽然也笑了笑，轉頭吩咐：「請我的弟兄們進來。」

兩分鐘之後，門就開了。

幾個人微笑著走進來。

波波並沒有看清楚他們一共有多少人，只看清楚其中的兩個人。

胡彪胡老四，和那個用小刀的「拚命七郎」。

這兩個人她永遠也忘不了。

「他們都是我的好兄弟。」

黑豹微笑著：「爲了我，隨便什麼事他們也肯做的。」

波波忽然也笑了：「他們的戲也演得很好，爲什麼不改行去唱戲？」

胡彪看著她，目中忍不住露出驚異之色，他實在想不通這個小丫頭爲什麼直到現在還能笑得出來？

波波也在看著他，又笑了笑：「你們的傷好得倒真快。」

胡彪也笑了笑，道：「趙小姐難道沒有看過戲？唱戲的時候，連剛被打死的人也隨時都會跳起來的。」

「現在你們的戲已唱完了，你們居然還敢留在這裡，我真佩服得很。」

「我們爲什麼不敢留在這裡？」

「現在他已用不著你們再唱戲了，你們難道猜不到他以後會怎麼樣對付你們？」波波淡淡的微笑著：「你們難道還看不出他是個怎麼樣的人？」

「我是個怎麼樣的人？」黑豹忽然問。

「你是個不是人的人。」波波淡淡的接下去：「你若有老子，爲了爬得更高些，你連老子都會殺了的，何況兄弟？」

黑豹大笑，大笑著走過來，突然一個耳光重重的摑在波波臉上。

波波連人都已幾乎被打倒，但卻還是昂起了頭，還在微笑著：「你打我，我一點也不生氣，因爲我知道你打我，只不過因爲我看穿了你。」

黑豹的臉色已鐵青。

「女人是個天生的賤種，賤種都喜歡做婊子的。」那笑的時候表情也很殘酷的人忽然道：「大哥為什麼不讓她做婊子去？」

黑豹又笑了：「這倒是個好主意，只不過今天晚上我還想用她一次。」

「我既然是個婊子，誰用我都沒關係。」波波忽然撕開了自己的衣襟，露出她豐滿結實的乳房：「你的這些兄弟既然對我有興趣，我現在就可以免費招待他們一次。」

胡彪的喉結上下滾動著，眼睛盯著她的胸，臉上已不禁露出貪婪之色。

黑豹突然跳起來，一把揪住她的頭髮，把她拖到後面去。

波波已疼出了眼淚，卻還是在大笑：「你為什麼不讓他們來？你難道還在吃醋？……你這種畜牲難道也會吃醋？」

後面就是臥房。

柔和的燈光，照在一張寬大柔軟的床上。

黑豹用腳跟踢上門，將波波用力拋在這張床上，波波的人彈起，又落下。

她還是在瘋狂般大笑著，笑得連乳房都已因興奮而堅挺。

「你那個兄弟說得不錯，我本來就是個天生的婊子，我喜歡做婊子，喜歡男人來用我。」

黑豹握緊雙拳，站在床頭，瞪著她，冷酷的眼睛裡似已有火燄在燃燒。

他突然撲過去，壓在她身上。

波波喘息著：「各式各樣的男人我都喜歡，只有你讓我噁心，噁心得要命。」

她突然用力挺起膝蓋，重重的撞在他小腹下。

黑豹疼得整個人都彎了起來，然後他的手就又摑在波波的臉上。

波波的嘴角已被摑出了鮮血。

她想跳起來，衝出去。

黑豹卻已抓住了她的衣服，從上面用力撕下去，她健康結實的胴體，立刻赤裸裸的暴露在燈光之下。

她已無法抵抗。

黑豹已野獸般佔有了她。

她咬著牙，忍受著，既不再推拒，也不迎合。

但黑豹卻是一個很強壯的人，她終於忍不住開始呻吟……

然後她的反應突然變爲熱烈，呻吟著輕輕呼喚：「羅烈……羅烈……」

黑豹突然冷了，全身都已冰冷僵硬。

波波的反應更熱烈，但是他卻已無能爲力。

他突然用力推開她，站起來，就這樣赤裸裸的走了出去，頭也不回的走了出去。

「砰」的，門又關起。

波波看著他走出去，嘴角忽然露出了一種奇怪的微笑。

就在她開始笑的時候，她的眼淚也慢慢的流下來……

「不管怎麼樣，活著總比死好。」

這是她自己說的話，她隨時都在提醒自己。

她在心裡發誓：「我一定要活下去。」

「我就算是要死，也一定要看著黑豹先死在我的面前。」

活下去也得要有勇氣。

有希望就有勇氣。

波波心裡還有希望，她相信羅烈一定會來找她，正如她相信這漫漫的長夜總有盡時，天一定會亮的。

她已擦乾了臉上的血和淚，準備來迎接這光輝的一刻。

天當然會亮的。

但羅烈是不是會來？是不是能來呢？

二

天亮了。

天地間一片寧靜，沒有小販的叫賣聲，也沒有糞車的喧嘩聲，甚至連雞啼聲都聽不見。

這裡本是個高尚而幽靜的住宅區。

黑豹坐在金二爺那張柔軟的絲絨沙發裡，面對著窗口，看著窗外的晨曦漸漸升起。

在鄉下，這時他已起來很久了，已吃過了三大碗糙米飯，準備下田去。

他記得那時候總喜歡故意多繞一點路，去走那片柔軟的青草地。

他總是喜歡赤著腳，讓腳心去磨擦那些上面還沾著露水的柔草。

那時在他幻想中，這片柔軟的草地，就是一張華貴的地氈，這一片青蔥的田園，就是他豪華的大客廳。

他幻想著自己有一天，能真的坐在一個鋪著地氈的豪華客廳裡——什麼事也不必做，只是動也不動的坐著，看著東方的第一線陽光照射大地。

現在他的幻想已完全實現。

這客廳裡的佈置，豪華而富麗，地上鋪著的地氈，也是從波斯來的。

他現在是不是已真的滿足？是不是真的很快樂？

他赤裸裸的坐著，讓自己的腳心去磨擦地上華貴的地氈。

他忽然希望，這張地氈是一片柔軟的草地，忽然希望，自己還是以前那個淳樸又充滿幻想的男孩子。

人心是多麼不容易滿足呢？

臥房的門是關著的，他已有很久沒有聽見波波的聲音。

「她是不是已睡著了？」

在這種時候，她還能睡得著？

她以前的確是個很貪睡的小姑娘，無論在什麼地方，只要一倒下去，就立刻能呼呼大睡。

那時他和羅烈總會笑她，是條小睡蟲。

「小睡蟲將來嫁了人後，若是還這麼樣貪睡，她丈夫一定會被她活活氣死。」

那時波波就會紅著臉，跳起來打他們。

「我這一輩子永遠也不嫁人。」

往事就彷彿窗外的晨霧一樣，那麼縹緲，又那麼真實。

黑豹忽然覺得自己的心在刺痛，他忽然想起了羅烈，想起了波波剛才在興奮時呼喚的聲音。

「羅烈……羅烈……」

黑豹的雙手突然握緊，像是恨不得一下子就能捏碎所有的回憶。

就在這時候，門外已有人通報：「大通銀行的朱董事長來了。」

黑豹沒有動，也沒有站起來迎接，只簡短的吩咐：「叫他進來。」

朱大通挾著他那又厚又重的公事皮包，站在黑豹面前。

他顯得有些不安。

面對著他的，是一個赤裸著的，年輕而強壯的男人胴體。

這對他無疑是種威脅。

他忍不住悄悄的將腹部向後收縮，希望自己看起來能顯得年輕強壯些。

黑豹突然笑了。

他微笑中帶著種說不出的譏刺和輕蔑，他忽然覺得站在自己面前的這個人，就像是一條豬。你只要能讓他吃得飽，睡得足，他就永遠不會想衝出他的豬欄來。

但是豬也有豬的好處，豬不咬人。

「今天你起得真早。」黑豹的聲音雖不客氣，卻已很柔和。

「昨天晚上我根本就沒有睡。」朱大通掏出塊雪白的手帕，不停的擦著汗：「我通宵都在整理賬目。」

「什麼賬目？」

「金老二他們三個人的存款賬目。」朱大通從公事皮包中拿出了一疊文件，雙手送到黑豹面前：「現在我已將他們都轉入到你的名下，只要你在這些文件上簽個字就算過戶了。」

黑豹目中露出滿意的微笑：「爲什麼一定要我簽字？你知道我是個粗人，一向懶得寫字。」

「其實不簽字也沒關係。」朱大通陪著笑，盡力將自己的視線避過他身上突出的地方：「但他們存款的數目，還是要你看一看。」

「我不必看，我相信你。」黑豹的微笑更親切：「我們本來就已經是老朋友。」

朱大通也笑了，這次是真的笑。

他知道自己的地位已又可保住。

「只要我以後提款也像他們以前一樣方便，我們的交情一定會更好。」黑豹淡淡的提醒他。

朱大通立刻保證：「只要你吩咐，無論多大的數目，十分鐘之內我就可以派人送到府上來。」

黑豹滿意的點了點頭。

他喜歡聽這種話，財富往往能使人有一種安全而溫暖的感覺。

「現在我就要十五萬，要現鈔，你最好能在八點鐘以前送來。」

七點四十分。

十五萬現款已送到。

黑豹已沖了個冷水澡，穿起了衣裳，還是一套純黑色的衣裳。

他希望自己在別人心目中的印象還是跟以前一樣——一條剽悍殘酷的黑豹，若有人惹了他，他隨時都能連皮帶骨的將這人吞下去。

臥房的門還是關著的，裡面還是沒有聲音。

黑豹走過去，想推開門，突又轉過身，大步走了出去。

現在他已只剩下一件事還沒有解決，他自信一定可以將這件事處理得很好。

樓下的兄弟們一個個全都顯得活力充沛，精神飽滿，因為昨天晚上雖然是大功告成的日子，但卻並沒有狂歡，也沒有慶功宴。

那要等到端午節時再合併舉行。

他相信到了那時候，這大都市裡已不會再有一個敢跟他作對的人。

外面陽光燦爛，空氣新鮮。

黑豹大步走了出去，深深的吸了口氣，覺得全身都充滿了力量，足以對付任何人，任何事。

三

八點正。

黑豹已到了百樂門大飯店的四樓，正在敲高登的房門。

他右手提著個黑皮箱，裡面裝的是十五萬現款，左手裡的鑰匙輕響如鈴聲。

聽到了這種聲音，高登就知道黑豹來了。

但高登並沒有出來迎接，甚至沒有來開門。

他正坐在靠牆的一張沙發上，享受他歐洲大陸式的早餐。

他西裝筆挺，頭髮和皮鞋同樣亮，鬍子也刮得乾乾淨淨。

你無論在什麼時候看見他，他看來都新鮮得像是顆剛生下來的雞蛋。

桌子上擺著煎蛋和果汁，他的槍並沒有在桌上。

他吞下最後一口煎蛋，放下刀叉，才說：「門是開著的。」

然後黑豹就忽然出現在他面前。

黑豹跟他看來永遠是不同的兩種人，就好像豹子和兀鷹，飛刀和子彈，性質種類雖不同，卻同樣殘酷，而且同樣足以致命。

「你很守時，」高登看著他，目中帶著笑意：「而且很守信。」

黑豹的眼睛也在微笑：「因爲你是高登。」

「我沒有等你一起吃早點，我知道你寧願吃奎元館的麵。」

「蝦爆鱔麵，」黑豹微笑著道：「我建議你臨走之前，不妨去試一試。」

「這次恐怕來不及了，下午兩點有班船，我已訂好了艙位。」

高登用餐巾抹了抹嘴：「下次再來的時候，我一定不會錯過的。」

「是不是兩個艙位？」黑豹忽然問。

「兩個艙位？」

「你難道不帶著梅子夫人一起走?」

高登笑了:「我雖然常常做好事,卻並不是個慈善家,我並不想養她的老。」

黑豹也笑了:「難怪你今天早上看來精神很好,若是陪她那種狼虎之年的女人睡了一個晚上,精神絕不會這麼好的。」

「你若也想試試,以後不妨到三號碼頭那一帶的酒吧裡去找她,」高登說謊的時候也是面不改色的:「我保證你一定可以找得到。」

「這輩子恐怕來不及了,」黑豹笑著道:「等她下輩子再投胎時,我一定不會錯過的。」

高登大笑:「想不到你這種人也有幽默感,我喜歡有幽默感的人。」

「我也喜歡你,」黑豹放下手裡的皮箱:「所以這裡不是十萬,是十五萬。」

「十五萬?」

「另外的五萬,就算是我送給你的車馬費。」

高登輕輕的嘆了口氣:「我希望我也有一天能把五萬塊隨隨便便的送給別人。」

「你不是別人,你是高登。」黑豹又道:「何況我還要託你帶個訊給羅烈。」

「我一定帶到。」

「告訴他,我希望他能到這裡來,這裡的飯足夠我跟他兩個人吃的。」

高登笑容中彷彿帶著點諷刺:「我也會告訴他,他若在這裡殺了人,一定不必去坐牢。」

「所以你也該回來。」

「這裡的飯夠不夠我們三個人吃？」

黑豹又笑了：「你總該知道這裡不但有蝦爆鱔麵，也有火腿蛋。」

「你的話我一定會記住。」高登站起來，好像已準備送客。

「你走的時候，我不去送你了。」黑豹笑得很真誠：「但你若再來，無論大風大雨，我也一定去接你。」

他微笑著伸出手：「我們就在這裡握手再見。」

高登看著他的手，忽又笑道：「我總覺得跟你握手是件很危險的事。」

「爲什麼？」黑豹好像覺得很意外。

「因爲你的手就是件武器。」高登微笑著：「跟你握手，就好像伸手去拿一個隨時都可能爆炸的手榴彈一樣危險。」

黑豹大笑：「你的確不該冒險，你的手的確比鑽石還値錢，一伸手就能賺十幾萬的人，在這世上的確不很多。」

他已準備縮回手。

「但我還是準備冒一次險，」高登看著他道：「現在你已是個了不起的大人物，我能跟大人物握手的機會也並不多。」

他終於微笑著伸出手來。

他的手修飾整潔，手指細長而敏感。

黑豹的手卻是粗糙的，就像是還未磨過的花崗石，又冷又硬。

他們的手終於互相握住。

黑豹的笑容忽然變得殘忍而冷酷：「你是個聰明人，你的確不該和我握手的。」

「爲什麼？」高登好像還不懂。

「因爲我實在不想再看見你這隻手上握著一把槍對著我。」

他的手突然用力。

他很瞭解自己這一握的力量，高登的手就算是花崗石，也會被他握碎。

高登卻居然還是在微笑著，笑容中還是帶著種諷刺之意。

然後黑豹就突然覺得手心一陣刺痛，就好像有根針刺入他掌心。

他手上的力量立刻消失。

高登後退時，左手裡已多了一柄槍，漆黑的槍管冷冷的指著黑豹，就像是他的眼睛一樣。

黑豹的掌心在流血，卻還是在微笑：「想不到你的手還會咬人。」

高登淡淡道：「我的手不會咬人，但我手上的戒指卻是個吸血鬼送給我的。」

他攤開了他的右手，中指上戴著的戒指，已彈出了一根尖針。

針頭上還帶著血。

黑豹嘆了口氣：「你不該用這種東西來對付一個跟你握手送行的朋友的。」

「這個朋友若不想捏碎我的手，這根針也就不會彈出來。」

高登用手指輕輕一轉戒指，尖針就又彈了回去。

「看來你的確是個很小心的人。」黑豹又在嘆息。

「所以你覺得很失望？」

「的確有一點。」

「你失望的，也許並不是因爲我還活著。」高登在冷笑。

「你認爲不是？」

高登搖搖頭：「因爲你並不是真的想要我死，你只不過不願我去救羅烈出來。」

「你應該知道羅烈是我的好朋友。」

高登冷笑道：「以前的確是的，但是現在卻已不同了。」

「有什麼不同？」

「現在你已是個了不起的大人物。」高登冷冷道：「但羅烈若是回來了，你的地位也許就不會像現在這麼樣穩固。」

「你以爲我怕他？」

「你不怕？」

黑豹突又大笑：「看來你好像真的很瞭解我。」

「因爲你自己也說過，我們本是同一類的人，是殺人的人，不是被殺的人。」

「現在我是哪種人呢？」

「現在我還不能確定。」高登的聲音更冷：「我只希望你不要逼我殺你。」

黑豹看著他：「你還希望我怎麼樣？」

「我希望你留在這裡陪我，然後再陪我上船去，有你陪著，我才放心。」

「你也該知道我是個忙人。」

高登冷冷的看著他：「死人就不會再忙了。」

他們互相凝視著，就像是兩根針，針鋒相對。

過了很久，黑豹才慢慢的說：「你說的每句話好像都很有道理。」

「因爲我說的是實話。」高登道：「實話都是有道理的。」

「你難道從來沒有說過謊？」

「你聽過我說謊？」

「只有一次。」

「哪一次？」

「你說你不殺我，是因爲我是羅烈的朋友。」黑豹的聲音也很冷。

「這是謊話？」

黑豹點點頭：「你不殺我，只因爲你根本沒有把握能殺我。」

高登又笑了：「我的確沒有把握，可是我手槍裡的子彈卻很有把握。」

「你知不知道以前中國有很多種可怕的暗器？」黑豹忽然問。

「那些暗器每種都能殺人的，但卻得看他想殺的是哪種人。」黑豹淡淡道：「在我這種人面前，所有的暗器都像是廢鐵。」

「手槍並不是暗器。」

「手槍當然不是暗器，但手槍的性質，卻還是跟袖箭那一類的暗器是同樣的。」黑豹說話的姿勢就像是個大學教授：「手槍比袖箭可怕，只因爲手槍裡射出來的子彈，速度比袖箭快得多。」

高登在聽著，雖然並不十分同意他的話，又不能不承認他說的也有些道理。

「所以子彈也並不是完全不能閃避，問題只不過是你能不能有那麼快的動作？」

「誰也不會有那麼快的動作，誰也躲不開手槍裡射出來的子彈！」高登的臉色已更爲蒼白。

黑豹冷笑：「你真的有把握？」

就在這一刹那間，他的人已突然豹子般躍起，向高登撲了過去。

高登的槍也已響起。

沒有人能分辨是高登的槍先響，還是黑豹先開始動作。

黑豹的動作幾乎也快得像是一顆從手槍裡射出去的子彈。

他的左腿上突然有鮮血飛濺，一顆子彈已射入他的腿。

但也就在這同一刹那間，他的右腿已重重的踢在高登手腕上。

高登手裡的槍飛出，然後就聽見自己肋骨碎裂的聲音。

黑豹的拳頭已擊上他的胸膛。

這一拳的力量，遠比子彈還可怕得多。

高登整個人都被打得重重的靠在牆上，不停的咳嗽，嘴角不停的流血。

他想掏槍，但這時他的動作已遠不及平時快了。

黑豹已竄過來，握住了他的右腕，用另一隻手替他掏出了槍。

高登身上永遠帶著四柄槍，最後的一柄槍是藏在褲子裡的。

現在連這柄槍都被黑豹搜了出來，拋出窗外。

然後黑豹就慢慢的後退，坐到後面的沙發上，冷冷的看著他。

高登倚在牆上，掏出口袋裡插著的，和領帶同色的絲帕，擦乾了嘴角的血跡。

黑豹突然笑了笑：「現在你能不能再從身上掏出一把槍來？」

高登居然也笑了笑：「我並不是個魔術家。」

「像你這種人，身上若是已沒有手槍，會有什麼感覺？」

「就好像沒有穿衣服的感覺一樣。」高登嘆了口氣：「我現在簡直就覺得好像赤裸裸的站在一個陌生的大姑娘面前。」

「這譬喻用得很好。」黑豹又開始微笑：「你本該寫小說的。」

「我也希望我以前選的是筆，不是槍。」高登苦笑：「只可惜用筆遠比用槍難得多。」

「也安全得多。」

「的確安全得多。」高登承認：「所以聰明人選擇的都是筆，不是槍。」

黑豹冷冷的看著他：「我現在還可以再讓你有一次選擇。」

「選擇什麼？」

「你可以轉過頭，從窗口跳出去。」黑豹的表情殘酷得就像是一隻食屍鷹：「你也可以用你的拳頭撲過來跟我拚命。」

他拍了拍手，又道：「你看，我們的手都是空著的，我們身上都受了傷，所以這本是很公平的打鬥，誰也沒有佔誰的便宜。」

高登又笑了：「只可惜我一向都是個君子。」

「君子？」黑豹不懂得他的意思。

「君子是動口不動手的。」

黑豹也笑了：「你只動口？」

「我只動口，槍口。」高登慢慢的將那塊染了血的絲帕插回衣袋裡：「我不但是個君子，而且也是個文明人。」

「文明人？」

高登淡淡的微笑著：「你幾時看過一個文明人赤手空拳去跟野獸拚命的？」

「我的確沒有看過。」黑豹冷笑：「我只看過文明人跳樓。」

高登嘆了口氣：「跳樓的文明人倒的確不少。」

他整了整領帶和衣襟，蒼白的臉上，居然還帶著那種充滿譏刺的微笑。

「你還有什麼話說？」

「我只有一樣事覺得很遺憾。」

「什麼事？」

高登的聲音彷彿忽然變得很優雅：「幕已落了，這裡卻沒有掌聲。」

他微微鞠躬，動作也優雅得像是位正在舞台前謝幕的偉大演員。

然後他就從窗口跳了下去。

他跳下去的時候，忽然聽到了黑豹的掌聲。

「不管是怎麼樣，這個人來得很漂亮，走得也很漂亮。」

幕既已落了，有沒有掌聲豈非都一樣？

四

九點二十分。

黑豹回來的時候，發現波波已坐在客廳的沙發上，身上穿的是沈春雪的絲襪和旗袍，臉上擦著沈春雪留下的脂粉，甚至連頭髮都用夾子高高的挽了起來。

她蹺著腿坐在那裡，故意將修長的腿從旗袍開叉中露出來。

她已像是完全變了個人。

黑豹冷冷的看著她，突然大吼：「快去洗乾淨。」

「洗什麼？」波波眨著眼，盡量在模仿著沈春雪的表情。

「洗洗你這張猴子屁股一樣的臉。」

「爲什麼要洗？」波波媚笑著：「婊子豈非都是這麼樣打扮的？」

黑豹握緊雙拳，似已憤怒得連話都說不出來。

「從今天開始，我已準備開業了。」波波用眼角瞄著他：「聽說你認得的有錢人很多，能不能替我介紹幾個好戶頭？」

黑豹突然撲過去，擰住了她的手，怒吼道：「你這個婊子，你去不去洗？」

「不錯，我是個婊子，而且是你要我做婊子的。」波波咬著牙，忍住疼，還是在媚笑著：「你爲什麼還要發脾氣？」

黑豹反手一個耳光摑在她臉上。

波波還是昂著頭：「你可以打我，因爲你的力氣比我大，可是你最好不要打我的臉，我還要靠這張臉吃飯的。」

黑豹看著她的臉，厲聲喝道：「你真的想要去做婊子？」

波波大笑道：「我本來就是個天生的賤種，天生就喜歡做婊子。」

黑豹突然放開手：「好，你現在就給我滾出去。」

「我不會滾，只會走。」

波波站起來，拉了拉旗袍，昂著頭，頭也不回的走了出去。

黑豹看著她扭動的腰肢，冷酷的眼睛裡似已露出了痛苦之色。

他咬了咬牙，突然冷笑：「我還有件事情忘了告訴你。」

「什麼事？」波波停下了腳步，卻沒有回頭：「是不是你現在就想照顧我一次？」

黑豹冷笑道：「我只希望你明白，你若想去找羅烈，你就錯了。」

波波也在冷笑，可是她的笑聲卻已嘶啞：「你怕我去找他？」

「你永遠再也找不到羅烈，」黑豹的笑聲彷彿也已嘶啞：「羅烈也永遠不會再見到你。」

波波突然回過頭：「我不懂你說的話。」

黑豹慢慢的坐下來，神情又變得冷靜而殘酷，他是看著敵人已在他面前倒下去的時候，臉上才會有這種表情。

他顯然已有把握。

波波眼睛忽然露出恐懼之色，忍不住又問：「你莫非已有了羅烈的消息！」

黑豹冷冷道：「你想聽？」

波波又咬起嘴唇：「我當然想聽，只要是有關他的消息，我都想聽。」

黑豹臉上的肌肉似乎已扭曲，瞳孔也已收縮，過了很久，才一個字一個字的說：「羅烈已沒有消息了，從今以後，誰也不會再聽到他的消息。」

「爲什麼？」波波的聲音更嘶啞，甚至已經有些發抖。

「世上只有一種人是永遠不會有消息的，你應該知道是哪種人。」

波波用力搖頭，似已說不出話來。

其實她當然已明白黑豹的意思。

「死人！只有死人才永遠沒有消息。」

她忽然覺得一陣暈眩，似已將倒下。

她沒有倒下去。

她用力咬著嘴唇，頭也不回的走了出去，她的頭還是抬著的。

走出門的時候，她已聽到黑豹的大笑聲。

「你放心，你沒有生意的時候，我一定會要我的兄弟去照顧你。」

波波突然也大笑，用盡全身力氣大笑：「你也只管放心，我絕不會沒有生意的。」

五

黑豹坐在那裡，動也不動的坐在那裡。

他腿上的槍口已不再流血。

這個人全身的肌肉都結實得像鐵打的——他的心也是鐵打的？

他聽見波波的腳步聲，很快的奔下樓。

他聽見波波在樓下吃吃的笑：「今天我已經開業了，還是住在老地方，歡迎各位隨時去找我。」她的笑聲真大：「只要是黑豹的朋友，我一律半價優待。」

黑豹握緊著雙手，突然將手裡的鑰匙，用力往腿上的槍口刺了下去。

然後他就看著鮮血流出來……

這時正是陰曆三月二十七日上午九點四十分，距離端午節還有三十七天。

十 怪客

一

淚已乾了，枕頭卻已濕透。

「一個人若已完全絕望了時，爲什麼還要活著？」

波波自己也無法解釋。

這也許只因爲她還不想死，也許因爲她還沒有真的完全絕望。

「羅烈絕不會就這樣無聲無息的死了的，他就算要死，臨死前也會來告訴我。」

汽車還停在樓下的街道旁，銀灰色的光澤看來還是那麼燦爛華麗。

那條鮮艷的黃絲巾，就在枕旁。

但現在波波卻情願將這所有的一切，去換取羅烈的一點點消息。

已經兩天了。

她就這樣躺在床上，幾乎連動都沒有動過，也沒有吃一粒米。

她蘋果般的面頰已陷落了下去，發亮的眼睛也佈滿紅絲。

「難道我就這樣在這裡等死？我這樣死了又有誰會知道，又有誰會爲我流一滴眼淚？」

黑豹當然不會。

她不願再想黑豹，卻偏偏不能不想。

恨，豈非本來就是種和愛同樣深邃，同樣強烈的感情！

愛和恨最大的不同，是愛能使人憧憬未來，能使人對未來充滿希望。

恨卻只有使人想到過去那些痛苦的往事。

波波連想都沒有去想。

「以後怎麼辦呢？」

她要活下去，卻沒有想到怎麼樣才能活得下去，也沒有想到要用什麼方式活下去。

難道真的去出賣自己？

波波又不是那種女人，絕不是！

她想黑豹，想羅烈，想到她第一次被黑豹佔有時的痛苦與甜蜜，想到黑豹對她的欺騙和報復，她全身都像是在洪爐中受著煎熬。

她想看著黑豹死在她面前，又希望以後永遠不要再見到這個人。

但就在這時，黑豹已出現在她面前——門雖然是鎖著的，她卻忘了黑豹有鑰匙。

鑰匙還是在他手裡「叮叮噹噹」的響。

黑豹還是以前的黑豹，驕傲、深沉、冷酷，充滿了一種原始的野性。

波波的心跳忽然加快，卻立刻昂起了頭，冷笑著：「想不到黑大爺還會來照顧我，只可惜今天我已太累，已不接客了，抱歉得很。」

黑豹靜靜的站在那裡，看著她，臉上完全沒有任何表情。

「我每天最多只接五個客人，你若真的要來，明天請早。」波波冷笑著，卻也不知是在騙別人，還是在騙自己。

黑豹冷酷的眼睛裡，忽然露出種很奇怪的表情，彷彿是憐憫，又偏偏彷彿是另一種更微妙的情感。

他慢慢的走了過來，走到床前。

「你快出去，我不許你碰我。」波波大叫，想抓起枕頭來保護自己。

可是黑豹已將她從床上拉了起來，抱在懷裡。

他並沒有用力。

他的動作是那麼溫柔，他的胸膛卻又是那麼強壯。

他是個男人，是波波第一次將自己完全付出去給他的男人。

波波用盡全身力氣，一口咬在他肩頭上，卻又忍不住倒在他懷裡，失聲痛哭了起來。

這究竟是愛？還是恨？

她自己也分不出，又有誰能分得出？

「你爲什麼要來？你難道還不肯放過我？」她痛哭著嘶喊。

黑豹什麼都沒有說，只是輕輕撫摸著她柔軟的頭髮，她光滑的肩和背脊……

她整個人都已軟癱，再也沒有力氣掙扎，再也沒有力量反抗。

她實在已太疲倦，疲倦得就像是隻在暴風雨中迷失了方向的鴿子，只要能有個安全的地方能讓她歇下來，別的事她已全都不管了。

黑豹的嘴角忽然露出一絲得意的微笑。

波波恰巧看到了他的笑，立刻忍住了哭聲：「你是不是要我跟你回去？」

黑豹慢慢的點了點頭。

「好，我跟你回去，」波波又昂起了頭：「但我也要你明白一件事。」

黑豹在聽著。

「我跟你回去，只爲了我要報復，因爲我只有跟你在一起時，才有機會報復。」

黑豹看著她，突然大笑。

他大笑著高高舉起她，又放下，放在床上，解開了她的衣襟：「你唯一能報復我的法子，就是用你的兩條腿擠出我的種子來。」

他大笑著佔有了她。

波波閉上了眼，承受著。

她心忽又充滿了仇恨，她發誓一定要報復。

現在她要報復的，也許不是因爲他以前對她做的那些事，而是因爲他現在對她的譏嘲和輕蔑。

對一個女人來說，這種仇恨也許遠比別的仇恨都要強烈得多。

二

端午。

這小客廳的隔音雖然很好，卻還是可以隱隱聽得到樓下的狂歌聲。

真正能令男人們狂歡的事，只有兩種。

酒和女人。

樓下有酒，也有女人，今天是黑豹爲他的兄弟們慶功的日子。

在這大都市裡，現在幾乎已找不出一個敢來擋他們路的人。

最好的酒，最風騷的女人。

好酒總是能讓人醉得快些，風騷的女人總是能讓人多喝幾杯。

波波就在樓上聽著這些男人和女人的笑聲。

她沒有喝酒，也沒有笑。

她就靜靜的坐在那張沙發上，等著黑豹上來，等著黑豹喝得大醉。

今天也許就是她報復的機會。

黑豹上來的時候，果然已醉了。

是兩個人扶他上來的，樓下的狂歡卻還在繼續著。

「讓我來照顧他，」波波從他們手裡接過黑豹：「你們還是下去玩你們的，今天這個機會很難得。」

今天這機會實在難得，何況扶黑豹上來的這兩個人，本身也差不多快要人扶了。

世上最想喝酒的人，也正是已經快喝醉的人。

他們立刻笑嘻嘻的對波波一鞠躬，然後就以最快的速度回到酒瓶子前面去。

波波將黑豹扶到床上，然後再回身關起了門，鎖起來。

黑豹仰臥床上，嘴裡還在不停的吵著要酒喝：「拿酒來，我還沒醉……誰說我醉了?誰敢說我已醉了？」

一定不肯承認自己喝醉的人，就算還沒有完全醉，至少也已醉了八成。

波波眼睛裡發著光，柔聲道：「誰也沒有說你喝醉了，這裡還有酒，我陪你喝。」

她果然在房裡準備了一瓶陳年白蘭地，送到黑豹面前。

酒瓶已開了，黑豹一把就搶了過去，張開嘴就往嘴裡倒。

可是他的手卻發軟，似已連瓶子都拿不穩，酒倒得他一身一臉。

波波輕輕嘆息，搖著頭：「你看你，就像個孩子似的，讓我來替你擦擦臉。」

她到浴室裡擰了把手巾出來，一隻腳跪到床上，去擦黑豹臉上的酒。

可是她的眼睛卻在盯著黑豹的眼睛。

黑豹已醉得連眼睛都睜不開了。

波波的眼睛往下移，已盯在他的咽喉上。

她拿著毛巾的手開始發抖，聲音卻更溫柔：「乖乖的不要動，讓我替你擦擦臉。」

黑豹沒有動，他全身都已發軟，根本沒法子動。

波波咬著嘴唇，突然從毛巾裡抽出一柄尖刀，一刀往黑豹的咽喉刺了下去。

她的手突然不抖了。

因爲黑豹已突然握住了她的手腕，就像是在她手腕上加了道鐵銬。

她的身子卻開始抖了起來，全身都抖個不停。

黑豹已睜開眼睛，正冷冷的看著她，目光比她手裡的刀鋒還冷。

「你……你沒有醉？」波波的聲音也在發抖，並不是因爲恐懼，而是因爲失望。

黑豹眼睛的確連一點醉意都沒有。

「我說過我跟你來，就是爲了要報復！」波波並沒有低頭：「除非你殺了我，否則我總有一天會等到機會的。」

黑豹冷笑：「你以爲我不敢殺你？」

「我就怕你不敢！」波波的頭抬得更高。

黑豹突然奪過她手裡的刀，一刀刺向她胸膛。

波波的胸膛挺起，可是這一刀並沒有刺下去。

黑豹握刀的手似也在發抖，突然咬了咬牙，跳起來，一腳踢開了門，衝出去大叫；「帶三個女人上來，三個最騷的女人。」

他冷笑著轉過身，瞪著波波：「我也說過，你要報復只有一種法子，所以你最好學學她們是怎麼樣對付男人的。」

「我用不著去學，」波波也昂起頭冷冷的道：「只要我高興，我可以比她們三個人加起來還騷十倍。」

帶上樓的三個女人並不是最風騷的，最風騷的已經被胡彪帶走了。

胡彪選擇女人，遠比拚命七郎還精明得多。

他選的這個女人叫紅玉。

這女人一喝過酒，眼睛裡就好像要滴出水來。

胡彪當然懂得，將這種女人留在一大堆男人中間，是件多麼不智的事。

等到有了第一個機會，他就把她拉了出去。

「你要拉我到哪裡去?」紅玉吃吃的笑著：「現在就上床豈非太早，我還要喝酒。」

「別的地方也有酒，你隨便喝多少都行。」胡彪摟住了她水蛇般的腰：「我知道一個地方有七十年的陳年法國香檳。」

他不但懂得女人，也懂得酒，所以他終年看來都是睡眠不足的樣子。

「法國香檳，」紅玉不再掙扎，開始咬他的耳朵：「只要你真的肯讓我喝一整瓶法國香檳，我保證你明天早上一定下不了床。」

胡彪的手從她腰上滑了下去：「只要有你陪著，我情願三天不下床。」

三

這瓶香檳雖然沒有七十年陳，但香檳總是香檳。

香檳總能令人有種奢華的優越感，尤其是開瓶時那「波」的一響，更往往能令人覺得自己是個大亨。

「我以前總認爲你沒出息的。」紅玉用一雙水淋淋的眼睛瞟著胡彪，媚笑著：「想不到你現在真的變成個大亨了。」

胡彪大笑，道：「這次你總算沒有看走眼，只要你真的能讓我三天下不了床，我明天就送個鑽戒給你。」

「多大的鑽戒？」紅玉笑得更媚。

「比你的……還大。」

他並沒有說清楚中間那兩個字，紅玉卻已聽清楚了，整個人都笑倒在他懷裡。

她笑的時候，身上有很多地方都可以讓男人看得連眼珠子都要凸出來。

但胡彪的笑聲卻突然停頓。

他突然看到一個人走過來，拿起了他面前的香檳，一口喝了下去。

這人的年紀並不大，風度很好，衣著也很考究，看樣子就像是個很有教養的年輕紳士。

但他做的事卻絕不像是個紳士。

胡彪不認得這個人，已沉下了臉，冷冷道：「這是我的酒。」

「我知道。」這人的臉色看來也是蒼白的，彷彿總是帶著種很有教養的微笑。

「你在喝我的酒。」胡彪瞪著他。

「我不但要喝你的酒。」這人彬彬有禮的微笑著：「我還要你旁邊這個女人。」

「你說什麼？」胡彪跳了起來：「你是在找麻煩，還是在找死？」

他本不是個容易被激怒的人，但現在酒已喝了不少，旁邊又有個女人。

「我並不想要你死，」年輕的紳士還在微笑著：「我最多也只不過讓你在床上躺三十天。」

紅玉忍不住「噗哧」一聲笑了，她忽然發現這人很有趣。

年輕英俊的男人，在她這種女人看來總是有趣的。

胡彪卻覺得無趣極了，他只希望能趕快解決這件無趣的事，去做些有趣的事。

他的手一揮，香檳酒的瓶子已向這年輕紳士的頭上砸了過去。

酒瓶並沒有被砸破，甚至連瓶裡的酒都沒有濺出來。

年輕的紳士嘆了口氣，這瓶酒忽然就已被他平平穩穩的接在手裡。

他輕輕的嘆息著，搖著頭，說道：「這麼好的酒，這麼好的女人，到了你這種人手裡，實在都被糟塌了。」

胡彪的臉色已發青，再一揮手，手裡已多了柄兩尺長的短刀。

刀在他手裡並沒有糟塌。

他用刀的手法，純熟得就像是屠夫在殺牛一樣，他要將這年輕的紳士當做牛。

刀光一閃，已刺向這年輕人的咽喉。

只可惜這年輕人並不是牛。

他身子一閃，刀鋒就往他身旁擦過去，他的拳頭卻已仰面打在胡彪鼻樑上。

胡彪的人立刻被打得飛了出去，撞在後面的牆上。

他並沒有聽見自己鼻樑碎的聲音，他整個人都已暈眩，連站都已站不住。

「這一拳已足夠讓你躺三天，」年輕的紳士微笑著：「但我說過要讓你躺三十天的。」

他慢慢的走過去，盯著胡彪：「我說過的話一向算數，除非你肯跪下來求求我饒了你。」

胡彪怒吼如雷貫耳，雙拳急打在年輕紳士左右兩邊的太陽穴。

這一著正是大洪拳中最毒辣的一著殺手，胡彪的拳頭好像比他的刀還可怕。

但他的雙拳剛擊出，別人的一雙手掌已重重的切在他左右雙肩上。

胡彪的一雙手立刻軟了下去，只覺得小腹上被人重重一擊。

他腰下彎的時候，眼淚已隨著鮮血、鼻涕一起流了出來。

「現在你至少要躺十五天了。」年輕人微笑著，突又反手揮拳。

後面已有七八個人同時撲過來，這裡現在也已是他們的地盤，他們並不怕在這裡殺人。

七八個人手裡都已抄出了殺人的武器，有斧頭，也有刀。

這年輕人的手就是武器。

他的手粗糙堅硬，令人很難相信這雙手是屬於這麼樣一位紳士的。

他反手揮拳時，整個人突然憑空躍起，他的腳已踢在一個人的下巴上。

下巴碎裂時發出的聲音，遠比鼻樑被打碎時清脆得多。

但這聲音也被另一個人的慘呼聲掩沒了，他的手掌已切在這個人的鎖子骨上。

胡彪已勉強抬起頭，看著他舉手投足間已擊倒了三個人，突然大喝：「住手！」

他說的話在這些人間也已是命令。

除了已倒下去的三個人外，別的人立刻退下去。

「朋友高姓大名，是哪條路上來的？」他已看出這年輕人絕不是沒有來歷的人：「朋友你燒的是哪一門的香？拜的是哪一門的佛？」

「我燒的是蚊香，」年輕人還在微笑：「但也只有在蚊子多的時候才燒。」

胡彪目光閃動：「朋友莫非和老八股的那三位當家的有什麼淵源？」

「老八股我一個也不認得，洋博士倒認得幾個。」

胡彪冷笑：「朋友若是想到這裡來開碼頭的，就請留下個時間、地方來，到時我們老大一定會親自上門去拜訪討教。」

「我就住在百樂門四樓的套房。」這次他好像聽懂了：「這位姑娘今天晚上也會住在那裡。」他看著紅玉微笑。

胡彪鐵青的臉已扭曲——紅玉已躲在牆角，居然也在笑。

「我本來應該讓你躺三十天的。」年輕人拍了拍衣襟：「看在這位姑娘份上，對折優待，所以你最好也不要忘了答應過送給她的鑽戒。」

紅玉扭動著腰肢走過來，媚笑著：「我的鑽戒現在還要他送？」

年輕的紳士拉過了她：「鑽戒歸他送，人歸我，旅館賬恐怕就得歸他們的老大去付了。」

四

黑豹赤裸裸的坐在沙發上，身上的每一根肌肉都似已繃緊。

胡彪就像是一灘泥般，軟癱在他對面的沙發上，還在不停的流著冷汗。

他卻連看都沒有看胡彪一眼，胡彪也不敢抬起頭來看他。

夜已很深，樓下的大自鳴鐘剛敲過三響。

黑豹動也不動的坐著，凝視著左腿上已用紗布包紮起來的槍傷，冷酷的眼睛裡，居然彷彿帶著種前所未見的憂鬱之色。

這槍傷雖然並不妨礙他的行動，但若在劇烈打鬥時，總難免還是要受到影響的。

「那是個什麼樣的人？」他忽然問。

其實胡彪已將那個人的樣子形容過一遍，但他卻還要問得更詳細些。

「是個年紀很輕的人，看來最多只有二十五六。」胡彪回答：「衣著穿得很考究，派頭好像跟高登差不多，卻比高登還紳士得多。」

黑豹突然握緊雙拳，重重一拳打在沙發扶手上：「我問的是他的人，不是他的衣服，也不是他的派頭。」

胡彪的頭垂得更低，遲疑著：「他長得並不難看，臉色發白，好像已經有很久沒有曬過太陽，但出手卻又狠又快，而且顯得經驗很豐富，除了老大之外，這地方還很難見到那樣的好手。」

黑豹的臉色更陰沉、更空疏，拳頭卻握得更緊，喃喃自語：「難道真的是他？……他怎麼能出來的？……」

胡彪不敢答腔，他根本不知道黑豹嘴說的「他」，是個什麼人。

「絕不會是他。」黑豹忽又用力搖頭：「他以前不是這樣子的人。」

「我以前也從沒有見過這個人。」胡彪附和：「他說不定也跟高登一樣，是從國外回來的。」

「你問過他住在哪裡？」

「就住在百樂門四樓的套房。」胡彪忽然想到：「好像也正是高登以前住的那間房。」

黑豹看著自己的手，瞳孔似已突然收縮。

「你想他……他會不會是替高登來復仇的？」胡彪的臉色也有些變了。

黑豹突然冷笑：「不管他是爲什麼來的，他既然來了，我們總不能讓他失望。」

他忽然大聲吩咐：「秦三爺若還沒有醉，就請他上來！」

秦三爺叫秦松，是「喜鵲」的老三，也就是那個笑起來很陰沉、很殘酷的人。

他沒有醉。

他常喝酒，卻從來也沒有醉過，這遠比從不喝酒更困難得多。

黑豹找他，就因爲黑豹知道這裡沒有人比他更能控制自己。

兩分鐘後他就已上來了，他上來的時候，不但衣服穿得很整齊，甚至連頭髮都沒有亂。

黑豹目中露出滿意之色道：「你沒有睡？」

「沒有。」秦松搖搖頭，好像隨時都在準備應變，所以無論有什麼事發生，他一向都是第一個出現的人。

「以前張老三手下那批人，現在還找不找得到？」黑豹問。

「是不是他帶到虹橋貨倉去的那一批？」

黑豹道：「對。」

「假如是急事，我三十分鐘之內就可以找到他們。」

「這是急事。」黑豹斷然地道：「你在天亮之前，一定要帶他們到百樂門的四樓查房去，找一個人。」

他在發命令的時候，神情忽然變得十分嚴肅，使人完全忘了他是赤裸著的。

他在發命令的時候，秦松只聽，不問。

他們以前本來雖然是很親密的兄弟，但現在秦松已發現他們之間的距離。

秦松知道能保持這個距離才是安全的——他一向是個最能控制自己的人。

「先問清他的姓名和來意。」黑豹的命令簡短而有力：「然後就做了他。」

「是。」秦松連一句話都沒有問，就立刻轉過身。

黑豹目中又露出滿意之色，他喜歡這種只知道執行他的命令，且從不多問的人。

「等一等，」黑豹忽然又道：「他若是姓羅，就留下他一條命，抬他回來。」

說到「抬他回來」這四個字時，他語氣加重，這意思就是告訴秦松，他見到這個人時，這個人最好已站不起來。

他相信秦松明白他的意思。

秦松執行他命令時，從未令他失望過一次。

五

紅玉躺在乾淨的白被單裡，瞬也不瞬的看著她旁邊的這個男人。

從屋頂照下來的燈光，使他的臉看來更蒼白。

他現在彷彿已顯得沒有剛才那樣年輕，蒼白的臉上，彷彿帶著種說不出的空虛和疲倦，眼角似已現出了一條條在痛苦的經驗中留下的皺紋。

可是他眼睛裡的表情卻完全不同。

他眼睛本來是明朗的、坦白的，現在卻充滿了怒意和仇恨。

紅玉忽然忍不住輕輕嘆息了一聲：「你究竟是個怎麼樣的人？」她輕撫著他堅實的胸膛：「是紳士？是流氓？還是個被通緝的兇手？」

他沒有回答這句話，甚至好像連聽都沒有聽見，但眼角的皺紋卻更深了。

他在想什麼？是爲了什麼在悲痛？

是爲了一個移情別戀的女人？還是爲了一個將他出賣了的朋友？

「你到這裡來，好像並不是爲了找酒和女人的。」紅玉輕輕的說：「是爲了報復！」

「報復？」他忽然轉過頭，瞪著她，銳利的眼神好像一直要看到她心去。

紅玉忽然覺得一陣寒冷：「我並不知道你的事，連你是誰都不知道。」

她已發現這個人心裡一定隱藏著許多可怕的秘密，無論誰知道他的秘密，都是件很危險的事，所以在盡力解釋。

「我只不過覺得你並不是來玩的，而且你看來好像有很多心事，很多煩惱。」

他忽然笑了：「我最大的煩惱，就是每個女人好像都有多心病。」

他的手已滑入被單下，現在他的動作已不再像是個紳士。

紅玉也忍不住吃吃的笑了，不停的扭動著腰肢，也不知是在閃避，還是在迎合？

「不管怎麼樣，你總是個很可愛的男人，而且很夠勁。」

她忽然用力緊摟住他，發出一連串呻吟般的低語：「我喜歡你……真的喜歡你……」

他也用力抱住了她，目中的痛苦之色卻更深了。

然後他忽又覺得自己抱住的是另一個人，他忽然開始興奮。

就在這時候，他聽見了敲門聲。

紅玉的手腳立刻冰冷，全身都縮成了一團，道：「一定是胡老四的兄弟們來了，他們絕不會放過你的。」

「你用不著害怕。」他微笑著站起來：「他們並不是可怕的人。」

「他們也許並不可怕，但他們的老大黑豹……」提起這名字，紅玉連嘴唇上都已失去血色：「那個人簡直不是人，是個殺人的魔星，據說連他流出來的血都是冰冷的。」

他好像並沒有注意聽她的話，正在穿他的褲子和鞋襪。

「假如來的真是黑豹，你一定要特別小心。」

紅玉拉住了他的手，她忽然發現自己對這年輕人竟有了一種真正的關心。

這年輕人微笑著，輕輕拍了拍她的臉：「我會小心的，現在我還不想死。」他的笑容中也露出種悲憤之色：「現在我還不想從樓上跳下去。」

敲門聲已停了。

敲門的人顯然很有耐性，並不在乎多等幾分鐘。

主人也並沒問是誰，就把門開了，門開的時候，他的人已退到靠牆的沙發上，打量著這個站在門口的人。

「我姓秦，叫秦松。」這人笑的時候，也會令人感覺到很不舒服。

「你就是胡彪的老大？」

秦松微笑著搖搖頭：「你應該聽說過我們的老大是誰，至少紅玉姑娘應該已告訴你了。」

他說話的態度客氣而有禮，但說出來的話卻直接而鋒利。

無論誰都會感覺到他是個很不好對付的人。

他對這個坐在對面沙發上的年輕人，好像也有同樣的感覺。

「有很多人告訴我很多事。」這年輕人也和他一樣，面上總是帶著笑容：「我並不是一定要每句話都相信。」

秦松又微笑著點點頭，忽然問：「朋友貴姓？」

「我們是朋友？」

「現在當然還不是。」秦松只有承認。

「以後恐怕也不會是。」年輕人淡淡道：「我喝了胡彪的酒，又搶了他的女人，他的兄弟當然不會把我當作朋友。」

「那麼你就不該冒險開門讓我們進來的。」秦松笑得更陰沉。

「冒險？」

「在這裡，一個人若不是朋友，就是仇敵。你開門讓你的仇敵進來，豈非是件很危險的事？」

年輕人又笑了：「是你們危險，還是我？」

秦松突然大笑：「胡老四說得不錯，你果然是個很難對付的人。」

他笑聲突又停頓，凝視著對面的這個人：「現在我只有一件事想請教。」

「我在聽。」

「你喝了胡老四的酒，又搶了他的女人，究竟是為了什麼？」

「因為他的酒和女人都是最好的。」年輕人笑著說：「我恰巧又是個酒色之徒。」

「只為了這一點？」秦松冷冷的問。

「這一點就已足夠。」

秦松盯著他的臉：「你常常為了酒和女人打碎別人的鼻子？」

「有時我也打別的地方，只不過我總認為鼻子這目標不錯。」

「你出手的時候，並不知道他是誰？」

年輕人搖搖頭：「我只知道他也很想打破我的頭，要打人的人，通常就得準備挨揍。」

秦松冷笑：「你現在已準備好了麼？」

他的人一直站在門口，這時忽然向後面退出了七八步，他退得很快。

就在他開始向後退的時候，門外就已有十來條大漢衝進來。這些人其中有南宗「六合八法」的門下，也有北派「譚腿」的高手。

年輕人彷彿一眼就看出他們是職業性的打手，遠比剛才他打倒的那三個人還要難對付得多。

但是他卻還是在微笑著：「像你們這種人若是變成殘廢，說不定就會餓死的。」他又輕輕嘆了口氣：「我並不想要你們餓死，可是我出手一向很重。」

他微笑著站起來，已有兩隻拳頭到了他面前，一條腿橫掃他足踝。

他輕輕一躍，就已到了沙發上，突又從沙發上彈起，凌空翻身。他拳頭向前面一個人擊出時，腳後跟也踢在後面一個人的肋骨上。

然後他突又反手，一掌切中了旁邊一個人在頸後的大動脈。

他出手乾淨俐落，迅速準確，一看明明已擊出的招式，卻又會突然改變。

他明明想用拳頭打碎你鼻樑，但等你倒下去時，卻是被他一腳踢倒的。

他明明是想打第一個人，但倒下去的卻往往是第二個人。

四個人倒下後，突然有人失聲驚呼：「反手道！」

這世上只有兩個人會用「反手道」，一個是羅烈，一個是黑豹。

難道羅烈終於來了？

十一　突變

一

東方剛剛現出魚肚白色，乳白的晨霧已瀰漫了大地。

五點三十五分。

黑豹還是坐在那張沙發上，一直沒有動。

酒色之後，他突然覺得腿上的槍傷開始發疼，他畢竟是個人，不是鐵打的。

可是真正讓他煩惱的，並不是這傷口，而是秦松帶回來的消息。

「你帶去了多少人？」黑豹問。

「十一個。」

「張三從南邊請來的那批打手都去了？」

秦松點點頭：「譚師傅兄弟兩個人也在。」

「他們十一個人，對付他一個也對付不了？」黑豹的濃眉已皺起。

秦松嘆了口氣：「他們本來也許還不會那麼快被打倒的，可是他們看出了他用的是『反手道』之後，好像連鬥志都沒有了。」

幾乎每個人都知道「反手道」是種多麼可怕的武功，因爲黑豹用的就是反手道。
黑豹眉皺得更緊：「是誰先看出來的？」
「是譚師傅。」秦松回答：「他看過你的功夫。」
「你看呢？」
秦松苦笑：「他擊倒『六合八法』門下那姓錢的時候，用的那一手幾乎就跟你擊倒荒木時用的招式完全一樣，我看到他使出這一招時，就立刻回來了。」
黑豹沒有再問下去。
他全身的肌肉已又繃緊，臉上忽然露出種很奇怪的表情，也不知是興奮，還是恐懼。過了很久，他才慢慢的說：「會使反手道，天下只有兩個人！」
秦松點點頭：「我知道。」
「除了我之外還有一個就是羅烈。」
秦松又點點頭，羅烈這名字他也聽說過。
黑豹握緊了雙拳：「但羅烈以往並不是這樣的人，他絕對不會爲了一個臭婊子跟人打架的，除非他……」
秦松試探著道：「除非他是故意想來找麻煩的。」
黑豹又一拳重重的打在沙發上：「除非他已知道上個月在這裡發生的事，已知道胡彪的老大就是我。」

「你想他會不會知道？」

「他本不該知道。」黑豹咬著牙：「他根本就不可能到這裡來的。」

秦松並沒有問他爲什麼，秦松一向不是個多嘴的人。

但黑豹自己卻接了下去：「他現在本該還留在德國的監獄裡。」

秦松終於忍不住道：「像他這種人，世上只怕很少有監獄能關得住他。」

「但他是自己願意去坐牢的，他爲什麼要越獄？」黑豹沉吟著：「除非他已知道這裡的事。」

可是一個被關在監獄裡的人，又怎麼可能知道幾千里外發生的事呢？

「也許那小伙子並不是他，也許他已將反手道教給了那小伙子。」秦松這推測也並不是完全沒有道理的。

「也許……」黑豹緩緩道：「要知道他究竟是不是羅烈，只有一個法子。」

「你難道要親自去見他？」

黑豹點點頭。

秦松沒有再說什麼，只有看著他的腿。

他當然明白秦松的意思，忽又笑了笑：「你放心，他若是羅烈，見到我絕不會動手的，我沒有告訴過你，我們本是老朋友。」

「他若不是羅烈呢？」

「他若不是羅烈，我就要他的命！」黑豹的笑容看來遠比秦松更殘酷：「這世上我若還有一個對手，就是羅烈，絕沒有別人！」

秦松好像還想再說什麼，但這時他已看見波波從後面衝出來，眼睛發亮，臉上也在發著光。

「羅烈。」她大聲道：「我聽說你們在說羅烈，他沒有死，我就知道他絕不會死的。」

黑豹沉著臉，冷冷的看著她，突然點點頭：「不錯，他的確沒有死。」

波波興奮得已連呼吸都變得急促了起來：「他是不是已回來了？」

「是的，他已經回來了。」黑豹冷笑：「你是不是想見他？」

波波看著他臉上的表情，一顆心突然沉了下去，忽又大叫：「你若不讓我見他，我就死，我死了，也不會饒過你。」

「我一定會讓你見到他的，就好像我已讓你見到金二爺一樣。」黑豹的表情更冷酷：「只不過現在還不是時候。」

波波發亮的眼睛忽然充滿了恐懼：「你難道也想對付他，像對我爸爸那樣對付他？」

黑豹冷笑。

「你難道忘了他以前是怎麼樣對你的？難道忘了反手道是誰教給你的？」波波大叫：「你若真的敢這麼樣做，你簡直就不是人，是畜牲！」

黑豹卻不理她，轉過頭問秦松：「下面還有沒有空屋子？」

「有。」

「帶她下去，沒有我的吩咐，誰也不准放她上來。」黑豹的聲音冷得像冰：「若有人想闖下去，就先殺了她！」

下面是什麼地方？

當然是地獄，人間的地獄。

妒嫉有時甚至比仇恨還強烈，還可怕。

二

十一個人，並沒有全都倒在地上。

這年輕人停住手的時候，剩下五個人也停住了手。

房間裡就好像舞台上剛敲過最後一響銅鑼，突然變得完全靜寂。

然後這年輕人就慢慢的坐了下來，看著倒在地上的六個人。

他們臉上都帶著很痛苦的表情，但卻絕沒有發出一聲痛苦的呻吟，甚至連動都沒有動。

他們曾經讓很多人在他們拳頭下倒下去，現在他們自己倒下去，也絕無怨言。

這本是他們的職業。

也許他們並不是懂得尊敬自己的職業，但是既然幹了這一行，就得幹得像個樣子，縱然被打落了牙齒，也得和血吞下去。

這奇特的年輕人用一種奇特的眼光看著他們，也不知是憐憫同情，還是一種出自善心的悲哀。

他忽然發現站在他面前的這五個人，臉上的表情幾乎和他們倒在地上的同伴是完全一樣的。

「我說過我出手一向很重。」他輕輕的嘆了口氣，閉上了眼睛：「現在帶他們去救治，也許他們還不會殘廢。」

他們當然明白他的意思，殘廢對他們做這種職業的人說來，就等於死。

沒有人真的願意死。

他們看著面前這既殘酷，卻又善良的年輕人，目光中忽然流露出一種無法形容的感激和尊敬。

然後還能站著的人，就悄悄的抬起了他們的夥伴，悄悄的退了出去，彷彿不敢再發出一點聲音來驚動這年輕人。

他們只有用這種法子，來表示他們的感激和敬意，因爲這還是第一次有人將他們當做「人」來看待，並沒有將他們看做野獸，也沒有將他們看做被別人在利用的工具。

他聽見他們走出去，關上門，還是沒有動，也沒有再說一個字。

他忽然覺得很疲倦，幾乎忍不住要放棄這所有的一切，放棄心裡所有的愛情、仇恨，和憤怒，遠遠的離開這人吃人的都市。

現在他才發現自己不是屬於這種生活的，因爲他既不願吃人，也不願被人吞下去。

他發現自己對以前那種平靜生活的懷念，竟遠甚於一切。

那青山、那綠水、那柔軟的草地，甚至連那塊笨拙醜陋的大石頭，忽然間都已變成了他生命中最值得珍惜的東西。

也許他根本就不該離開那地方的。

他緊緊閉著眼睛，已能感覺到眼皮下的淚水。

然後他才感覺到一雙溫柔的手在輕撫著他的臉，手上帶著那種混合了脂粉、煙、酒，和男人體臭的奇特味道。

只有一個出賣自己已久的女人，手上才會有這種味道。

但這雙手的本身，卻是寬大而有力的，掌心甚至還留著昔日因勞苦工作而生出來的老繭。

他忍不住輕輕握住這雙手道：「你以前常常做事？」

紅玉點點頭，對他問的這句話，顯然覺得有點意外，過了很久，嘴角才露出一絲酸澀的微笑：「我不但做過事，還砍過柴，種過田。」

「你也是從鄉下來的？」

「嗯。」

「你的家鄉在哪裡？」

「在很遠很遠的地方。」紅玉的目光也彷彿在眺望著很遠很遠的地方：「那地方很窮，很偏僻，我直到十一歲的時候，還沒有穿過一條爲我自己做的褲子。」

她的笑容更酸楚淒涼：「但是那也比現在好，現在我總覺得自己就好像沒有穿褲子一樣，我身上就算穿著五十塊一套的衣裳，別人看著我時，就還像是把我當做完全赤裸的。」

他忍不住張開眼睛，看著她，輕輕嘆息：「也許你也跟我一樣，根本就不該來的。」

她看著他的眼睛，心裡忽然也充滿感激，因爲這也是第一次有人將她當做一個「人」看待，而沒有將她看做一種洩慾的工具。

「你爲什麼要來？爲什麼要做這種事？」

紅玉沒有回答，她只是慢慢的跪了下來，跪在他腳下，抱住了他的腿，將面頰倚在他腿上。

他立刻可以感覺到她面頰上的淚水。

「同是天涯淪落人，相逢何必曾相識？」

就在這一瞬間，他才真正體會出這兩句詩中的悲哀和酸楚。

他輕撫著她的頭髮，忽然覺得心裡有種說不出的衝動：「你肯不肯跟我走，再回到鄉下去種田、砍柴？」

「真的？」紅玉抬起臉，淚水滿盈的眼睛裡，又充滿了希望：「你真的肯帶我走？……你真的肯要我這個髒得快爛掉的女人？」

「只不過我們鄉下可沒有五十塊一套的衣服，也沒有七十年陳的香檳酒。」

紅玉凝視著他，眼淚又慢慢的流了下來，這卻已是歡喜的淚：「我從來也不相信男人的，可是這次也不知道爲了什麼，我相信你。」她緊握住他的手又道：「雖然我連你的名字都不知道，卻還是相信你。」

「我叫羅烈。」

「羅烈，羅烈，羅烈……」紅玉閉上了眼睛，反反覆覆的唸著他的名字，似已下定決心，要將他的名字永遠記在心裡。

羅烈的眼睛裡卻又忽然露出一種沉痛的悲哀，他彷彿覺得這是另一個人在呼喚著他——在很遙遠的地方呼喚著他。

他的心忽然覺得一陣刺痛，全身都已抽緊。

紅玉似乎已感覺到他的變化：「可是我也知道這只不過是在做夢而已。」她笑了笑，笑得很淒涼：「你當然絕不會真的帶我走。」

羅烈勉強笑了笑：「爲什麼不會？」

「因爲我看得出，你心裡已有了別人，這次你說不定就是爲了她而來的。」

女人好像全都有種奇異的直覺，總會覺察到一些她不該知道的事。

羅烈沒有回答她的話，他的心似已根本不在這裡。

「但無論如何，我還是同樣感激你。」紅玉輕輕道：「因爲你總算有過這種心意，我……」

她的語聲突然停頓，眼睛裡突然露出恐懼之色，連身子都已縮成一團。

她忽然聽到門外響起一陣鑰匙的相擊聲，清越得就彷彿鈴聲一樣。

「黑豹。」她連聲音都已嘶啞：「黑豹來了！」

就在這時，突聽「砰」的一響，門已被踢開，一個滿身黑衣的人冷冷的站在門外，手裡的鑰匙還在不停的響，他的人卻似石像般站在那裡。

「聽說這裡有人要找我，是誰？」

「是我。」羅烈慢慢的站起來，凝視著他，臉上帶著種很奇怪的表情。

黑豹花崗石般的臉上，突然現出同樣奇怪的表情。

他忽然大叫：「法官！」

「傻小子！」

「真的是你？」

「真的是我。」

兩個人面對面的互相凝視著，突然同聲大笑，大笑著跳出去，緊緊的擁抱在一起。

紅玉怔住，幾乎已忘了自己還是接近赤裸的。

也不知過了多久，他們才慢慢的分開，又互相凝視著：「你就是那個黑豹？」

「我就是。」

「我連做夢也想不到黑豹就是你。」黑豹以前的名字叫小黑，每個人都叫他小黑，但卻沒有人知道他究竟是不是姓黑。

「我卻已有點猜到那個來找麻煩的人就是你了。」黑豹微笑著：「除了羅烈之外，還有誰能把我那些兄弟打得狼狽而逃？除了羅烈之外，還有誰會有這麼大的本事，這麼大的膽子？」

羅烈大笑：「我若知道他們是你的兄弟，我說不定也寧可挨揍了。」

黑豹微笑著看了紅玉一眼，淡淡道：「爲了這個女人挨揍值得？」

「當然值得。」羅烈拉起了紅玉，摟在懷裡：「你記不記得我們以前都很欣賞的那句話？」

「就算要喝牛奶，也不必養條牛在家裡。」黑豹微笑道。

「不錯，你果然還記得。」羅烈將紅玉摟得更緊：「但現在我已準備將這條牛養在家裡。」

黑豹看著他們，彷彿覺得很驚訝：「我好像聽說你已跟波波……」

「不要再提她。」羅烈目中突又露出痛苦之色：「我已不想再見她。」

「爲什麼？」黑豹顯得更吃驚。

「因爲我知道她也絕不願再看見我了，我已配不上她。」羅烈笑了笑，笑得很苦：「從前的法官，現在早已變了，變成了犯人。」

「犯人？」

「我已殺過人，坐過牢，直到現在爲止，我還是個被通緝在案的殺人犯。」

黑豹彷彿怔住了，過了很久，才用力搖頭：「我不信。」

「你應該相信的。」羅烈的神情已漸漸平靜，淡淡的說道：「我以前會不會爲了酒和女人跟別人打架？」

「絕不會。」

「但現在我卻變了，現在我爲了一個月的酒錢，就會去殺人。」

黑豹吃驚的看著他，顯然還是不相信。

「每個人都是會變的。」羅烈又笑了笑：「其實你自己也就變了，以前那個用腦袋去撞石頭的傻小子，現在好像已變成了個大亨。」

黑豹突然大笑：「不錯，在別人眼睛裡，我的確已可算是個大亨。」他用力拍羅烈的肩：「但在你面前，我卻還是以前那個傻小子。」

「我們還是以前那樣的好朋友？」

「當然是。」黑豹毫不考慮：「你既然已來了，從今天開始，我有的一切就等於是你的。」

羅烈面上露出感激之色，用力握緊他的手。

「過兩天我一切都會爲你安排好的，你要在家裡養牛，我可以替你安排一棟足夠養一百條牛的房子，你要喝酒，隨便你喜歡喝什麼都行，只要你不怕被淹死，甚至可以用酒來洗澡。」

黑豹並不是個喜歡吹噓的人，但是他覺得在老朋友面前也不必故意作得太謙遜。

羅烈當然明白他的意思，所以並沒有推辭他的好意：「你有什麼，我就要什麼，而且要最好的，我既已來了，就吃定了你。」

黑豹大笑，顯然對他這種態度很滿意：「但那些都是以後的事，現在我們有更重要的事做。」

他又看了紅玉一眼：「你能不能暫時叫你的牛去睡一覺，讓我們兄弟好好的聊聊？」

羅烈大笑著推開紅玉，在她豐滿的屁股上拍了一下：「去養足精神，等著我再來修理你。」

黑豹看著他的動作和表情，心裡覺得更滿意了。

這個人對他的威脅和壓力，已不如以前那麼大。

這個人已不再是以前那個法官，彷彿已真的變成了個浪子。

最令黑豹滿意的，當然還是因爲他根本不知道上個月在這裡發生的那些事。

「你幾時來的？」黑豹看著紅玉扭動著腰肢走進臥室，忽然又問。

「昨天。」羅烈回答：「昨天上午剛下船。」

「船上沒有女人？」黑豹微笑著。

「就因爲在船上做了二十天和尚，所以昨天晚上才會那麼急著找女人。」

黑豹大笑：「胡老四就偏偏遇上了你，我早已發現他最近氣色不好，一定要走霉運。」

他忽又改變話題，問道：「你一向都在哪裡？真的在監獄？」

羅烈點點頭：「而且是在一個全世界最糟糕的監獄裡，在德國人眼睛裡，除了德國人外，別的人都是劣等民族，他們最看不起的就是黃種人和猶太人。」

「你怎麼進去的？」

「因爲我給過他們一個教訓，我想讓他們知道中國人也和德國人同樣優秀。」羅烈微笑著：「我在他們拳王的鼻子上揍了一拳，誰知德國人的拳王，竟被中國人一拳就打死了。」

黑豹又大笑道：「這種教訓無論哪個人只怕很難忘記。」

「所以他們雖然明知我是自衛，還是判了我十年徒刑。」

「十年？」黑豹揚起了眉：「現在好像還沒有到十年。」

「連一年都沒有到。」

「但你現在卻已經出來了。」

「那只因爲德國的監獄也和他們拳王的鼻子一樣，並不是他們想像中那麼結實。」羅烈淡淡的說道，並沒有顯出絲毫不安，越獄在他看來，好像也變得是件很平常的事。

「所以你這位法官，現在已變成了個被通緝的殺人犯？」

「不錯。」

「我希望他們派人到這裡來抓你。」黑豹微笑著：「我也想試試德國人的鼻子夠不夠硬。」

「你知不知道我爲什麼要到這裡來？爲什麼要住進這間房？」羅烈忽然問，問得很奇怪。

黑豹搖搖頭，臉上也沒有露出絲毫不安之色。

「漢堡是個很複雜的地方，但無論走到哪裡，都可以看得到喝得爛醉的水手，和婊子們成群結隊的走來走去。」

羅烈慢慢的接著道：「那裡的歹徒遠比好人多得多，但我卻碰巧遇見了個好人。」

黑豹在聽著。

「他也殺過人，可是爲了朋友，他甚至會割下自己一條腿來給朋友作枴杖。」羅烈嘆了口氣：「當他知道只要花十萬塊就可以保我出來的時候，就立刻準備不擇一切手段來賺這十萬塊。」

「這種朋友我也願意交的。」黑豹還是面不改色。

「只可惜他已死了，」羅烈嘆息著：「就死在這間屋裡。」

黑豹彷彿很吃驚：「他怎麼死的？」

「我正是爲了要查出他是怎麼死的，所以才趕到這裡來的。」羅烈目中露出悲憤之色，道：「報上的消息，說他是跳樓自殺的，但我不相信他是個會自殺的人，他就算跳樓，也一定因爲有人在逼著他。」

黑豹沉思著，忽然道：「他是不是叫高登？」

「你認得他？」羅烈的眸子在發光。

黑豹立刻搖了搖頭：「我雖然沒有見過他，卻也在報上看到過一個德國華僑跳樓的消息。」

他忽又拍了拍羅烈的肩：「你放心，這件事我一定替你查出來，可是現在我們卻得好好的去吃一頓，我保證奎元館的包子味道絕不比漢堡牛排差。」

「現在才六點多，這裡已經有館子開門？」

「就算還沒有開門，我也可以一腳踢開它。」黑豹傲然而笑：「莫忘記在這裡我已是個大亨，做大亨並不是完全沒有好處的。」

現在才六點四十分。

天已經很亮了。

黑豹的心情很少這麼樣愉快過，他覺得羅烈已完全落在他掌握裡，也正像是那隻壁虎一樣，只不過他現在還不想將手掌握緊。

這也好像有很多人都像壁虎一樣，雖然有一雙很大的眼睛，卻連眼前的危險都看不見。

黑豹手搭著羅烈的肩，微笑著長長吸了口氣：「今天真是好天氣。」

三

天氣的確不錯，只可惜這地方卻永遠是陰森而潮濕的，永遠也看不見天日。

這裡並不是監獄，但卻比世上所有的監獄都更接近地獄。

還不到四尺寬的牢房，充滿了像馬尿一樣令人作嘔的臭氣。

每間房裡都只有一個比豆腐干稍大一點的氣窗，除此之外，就再也沒有什麼別的了——甚至連床都沒有。

石板地潮濕得就像是爛泥一樣，但你若累了，還是只有躺下去。

波波發誓死也不肯躺下去。

她被帶到這裡來的時候，簡直不相信在那豪華富麗的大樓房下面，竟有這麼樣一個地方。

這地方簡直連豬狗都耽不下去。

「但姑娘你看來卻得在這裡耽幾天了，其實你也沒有什麼好抱怨的，這地方本就是令尊大人的傑作。」

秦松冷笑著說了這句話，就揚長而去，鐵門立刻從外面鎖上。

波波也曾用盡一切法子，想撞開這道門。

她撞不開。

然後她又用盡全身的力氣大叫：「放我出去，叫黑豹來放我出去。」

沒有人回應。

連那些看守的人都去得遠遠的，既沒有人理她，也沒有人惹她。

每個人都知道她跟黑豹的關係，誰也不願意麻煩上身。

現在波波不但聲嘶力竭，也已精疲力盡。

可是她仍然昂著頭，站著。

她死也不肯躺下去。

氣窗並不太高，因爲這屋子本就不高。

不到一尺寬的窗口上，還有三根拇指般粗的鐵柵，連鳥都很難飛出去。

波波咬著牙，喘息著，忽然發覺有人在敲她後面窗上的鐵柵。

一個人在輕輕呼喚：「趙姑娘，是我。」

波波回過頭，就看到一張彷彿很熟悉的臉。

但她卻已幾乎認不出這張臉了，本來很年輕、很好看的一張臉，現在已被打得扭曲變形。

本來很挺的鼻子，現在也已被打得歪斜碎裂。

「是我，小白，就是那天帶你來的小白。」

波波終於認出了他。

她的胃立刻開始收縮，幾乎忍不住要嘔吐：「你……你怎麼會變成這樣子的？」

「是秦松。」小白的臉貼在鐵柵上，目中充滿了悲憤和仇恨：「他狠狠的揍了我一頓。」

「爲什麼？」波波失聲問。

「因爲我本不該跟你說話的。」小白勉強笑一笑，卻笑不出：「我自己也明白，所以那天你上了樓之後，我就逃了，但秦松還是不肯放過我，三天前就已把我抓了回來。」

「這個畜牲。」波波咬著牙，狠狠的罵：「這裡的人全都跟黑豹一樣，全都是畜牲。」

她看著這少年扭曲碎裂的臉，幾乎已忍不住快要哭了出來。

「其實他這頓揍也算不了什麼。」小白反而安慰她：「若是換了他們的老七和老八出手，現在我身上恐怕已沒有一塊好肉。」

他忽然笑了笑，竟真的笑得出來，道：「何況我逃亡的這三十多天日子過得雖苦，卻也並不是白苦的。」

波波咬著牙，勉強忍住眼淚：「你難道還有什麼收穫？」

小白點點頭，忽然問了句很奇怪的話：「你是不是認得一個叫羅烈的人？」

波波又吃了一驚：「你怎麼知道我認得他？」

「因爲我已見過他。」小白好像很得意：「而且還跟他談了很久的話。」

波波更吃驚：「你怎麼會見過他的？」

「我躲在一個洗衣服女人的小閣樓上。」小白的臉好像是紅了紅，用發澀的舌頭舐了舐受傷的嘴唇，才接著說下去：「我本來準備趁他們端午狂歡時逃到鄉下去，但陳瞎子卻帶他來找我。」

「陳瞎子？」

「陳瞎子是我從小就認得的朋友，他對我比對他親生的弟弟還好。」小白說：「他本來也是裡面的人，後來被人用石灰弄瞎了眼睛，才改行到野雞窩裡面去替婊子算命。」

「羅烈又怎麼會認得這個陳睎子的？」波波還是不懂。

「他十幾天之前就已到這裡來了，已經在暗中打聽出很多事，結交了很多裡面的人。」

「裡面」的意思，就是說「在組織裡」的。

這意思波波倒懂得，她眼睛裡立刻發出了希望的光：「他知不知道我……我在這裡？」

「他來找我的時候，已經知道了很多事，我又把我知道的全都告訴了他。」

「你信任他？」

「陳睎子也很信任他，每個人都信任他。」小白目中露出尊敬之色，接道：「我本來以爲黑豹已經是最了不起的人，世上只怕已難找出第二個像他那麼厲害的人來，現在我才知道，真正厲害的人是羅烈。」

波波的眼睛更亮了：「黑豹最畏懼的人，本來就是他。」

「他來了十幾天，黑豹竟連一點消息都不知道。」小白的神情也很興奮：「但他卻已將黑豹所有的事全都打聽得清清楚楚。」

「可是我知道黑豹現在已經去找他了。」波波又顯得很憂慮。

「那一定是他自己願意的，黑豹一定還以爲他剛到這裡。」小白對羅烈似已充滿信心：「世界上假如還有一個人能對付黑豹，這個人一定就是羅烈。」

「黑豹會不會看出羅烈是來對付他的？」波波還在擔心。

「絕不會。」小白卻顯得很有把握：「說不定他現在已經把黑豹捏在手心裡，只等著機會一到，他就會將手掌收緊。」

他破碎的臉上又露出微笑：「到那時候黑豹想逃也逃不掉了。」

波波咬著嘴唇，沉思著，眼睛裡的光彩已突然消失，又變得說不出的悲痛。

小白立刻安慰她：「你放心，我相信羅先生一定會找到我們，一定會來找我們的。」

波波勉強笑了笑，她只能笑笑，因為她知道這少年永遠也不會瞭解她的痛苦。

她想見羅烈，又怕見羅烈，她不知道自己見到羅烈時，應該怎麼說才好？

「羅烈，我對不起你，我自己也知道，」她突又下了決心：「但只要能再見你一面，我還是會不惜犧牲一切的。」

波波抬起頭，抹乾了眼角的淚痕：「不管怎麼樣，我們一定要想法子讓他見到我們，一定要想法子幫他打垮黑豹！」

小白握緊了雙拳，眼睛裡也發出了光：「我們一定有法子的。」

四

奎元館是家很保守的老式店舖，裡面一切佈置和規矩，這三十年來幾乎完全沒有改變。

廚房裡的大師傅是由以前的學徒升上去的，店裡的掌櫃以前本來是跑堂。

一碗麵要用多少作料，多少澆頭，大師傅隨手一抓就絕不會錯半點，就好像是用秤子稱出來的那麼準確。

對他們說來，這幾乎已是不可改變的規律，但今天這規矩卻被破壞了一次。

規定每天早上七點才開門的奎元館，今天竟提早了四十分鐘。

因爲他們有個老主顧，今天要提早帶他的老朋友來吃麵。

這當然並不完全因爲這個人是他們的老主顧，更重要的是，他們都知道無論誰對這個人的要求拒絕，都是件很危險的事。

現在黑豹已在他那張固定的桌子旁坐下，但卻將對著門的位子讓給了羅烈。

現在他已不怕背對著門，但一個剛從監獄裡逃出來的人，感覺就完全不同了——能在別人看到他之前，先看到從門外進來的每一個人，總是比較安全些。

桌上已擺好切得很細的薑絲和醋。

「這薑絲是大師傅親手切的，醋也是特別好的鎮江陳醋。」黑豹微笑著，並不想掩飾他的得意：「這館子最大的好處，就是他們總是會對老主顧特別優待些。」

羅烈拈起根薑絲，沾了點醋，慢慢的咀嚼著，面上也露出滿意之色。

他抬起頭，好像想說什麼，但就在這時候，他臉上忽然露出種非常奇怪的表情。

他看見一個賣報的男孩子，正踏著大步，從外面的陽光下走進來。

這男孩子本不應一眼就看見羅烈的，外面的陽光已很強烈，他的眼睛本不能立刻就適應店裡的陰暗。

可是現在這裡卻只有他們兩個客人。

男孩子一走進來，就立刻向他們走過去：「先生要不要買份報，是好消息的……」

這句話還沒有說完，他已看清楚了羅烈。

他那張好像永遠也洗不乾淨的臉上，突然露出了真誠而開心的笑容。

「羅大哥，你怎麼在這裡？」他叫了起來，道：「陳瞎子還在惦念著你，不知道你這兩天到哪裡去了。才兩天不見，你怎麼就好像突然發財了？」

羅烈也笑了，卻是種無可奈何的笑。

他知道現在除了笑之外，已沒有別的話好說，沒什麼別的事好做了。

十二　殺機

一

黑豹沒有笑。

他的臉彷彿忽然又變成了一整塊花崗石般，完全沒任何表情，只是冷冷的看著羅烈。

麵已端上來了，麵的熱氣在他們之間升起，散開。

他們之間的距離彷彿忽然又變得非常遙遠。

那賣報的男孩子已發現坐在羅烈對面的是黑豹，已看見了黑豹冷酷的臉。

他眼睛裡忽然露出種說不出的恐懼之色，一步步慢慢的向後退，絆倒了張椅子，跌下去又爬起，頭也不回的衝了回去。

羅烈還在微笑著：「這孩子是個好孩子，又聰明，又能吃苦，就像我們小的時候一樣。」

他微笑中帶著點感慨：「我想他總有一天會爬起來的。」

黑豹沒有開口，甚至好像連聽都沒有聽。

羅烈從麵碗裡挑出塊鱔魚，慢慢的咀嚼著，忽又笑道：「你還記不記得那次我們到小河裡去抓泥鰍和鱔魚時，差點反被鱔魚抓了去？」

黑豹當然記得。

那天他們忽然遇到了雷雨，河水突然變急，若不是羅烈及時抓住一棵小樹，他們很可能就已被急流沖走。

這種事無論誰都很難忘記的。

「我也記得那塊糖。」黑豹忽然說。

「什麼糖？」

「波波從家裡偷出來的那塊糖。」黑豹的聲音冰冷：「誰贏了就歸誰吃的那塊糖。」

「你贏了。」羅烈笑道：「我記得後來是你吃了那塊糖。」

「但波波卻偷偷給了你塊更大的。」

羅烈目中彷彿有些歉疚的表情，慢慢的點了頭，這件事他也沒有忘記。

「在那時候我就有種感覺，總覺得你們並沒有將我當做朋友，總覺得你們好像隨時隨地都在欺騙我。」黑豹的眼角已抽緊，凝視著羅烈：「直到現在，我還有這種感覺。」

羅烈嘆了口氣：「我並不怪你。」

「你當然不能怪我。」黑豹冷笑：「因爲直到現在，你還是在欺騙我。」

羅烈苦笑。

黑豹連瞳孔都已收縮，看著他一字字的問：「你幾時來的？」

「半個月之前。」

「不是昨天早上才下船的？」

「不是。」

「你爲什麼不說實話？」

「因爲我做的事，並不想讓你完全知道。」羅烈又長長的嘆息了一聲，才接下去：「就正如你做的事，也並不想讓我完全知道一樣。」

黑豹慢慢的點了點頭：「我記得你說過，爲別人保守秘密是一種義務，爲自己保守秘密卻是種權利，每個人都有權保護他自己私人的秘密，誰也不能勉強他說出來。」

他冷酷的眼睛裡忽然露出一絲嘲弄之色，接著又道：「只可惜無論誰想要在我面前保守秘密，都不是件容易事。」

「哦？」

「因爲他無論在這裡做了什麼事，我遲早總會知道的。」

羅烈笑了：「所以他不如還是自己說出來的好。」

他笑容中也帶著種同樣的嘲弄之色，只不過他嘲弄的對象並不是別人，而是他自己。

黑豹冷冷的看著他，在等著他說下去。

「我說過，高登是我的好朋友，我願意爲他做任何事。」

「任何事？」

「現在我雖然已沒法子救他，但至少應該知道他是怎麼死的。」

「這半個月來，你一直在調查他的死因？」黑豹又問。

羅烈點頭。

「你已調查出來？」

「他的確是從樓上跳下去摔死的，那個猶太法醫已證實了這一點。」

「這一點還不夠？」

「還不夠。」羅烈看著黑豹：「因爲他還沒有死的時候，身上已受了傷。」

「傷在什麼地方？」黑豹問。

「傷在手腕上。」羅烈道：「我認爲這才是他真正致命的原因。」

黑豹冷冷道：「一個人就算兩隻手腕都斷了，也死不了的。」

「但他這種人卻是例外。」羅烈的聲音也同樣冷：「這種人只要手上還能握著槍，就絕對不會從樓上跳下去！」

「哦？」

「平時他身上總是帶著四把槍的。」羅烈又補充著道：「但別人發現他屍體時，他身上卻已連一把槍都沒有了。」

「你調查得的確很清楚。」黑豹目中又露出那種嘲弄之色，忽然又問：「難道你認爲他是被人逼著從樓上跳下去的？」

羅烈承認。

「我聽說他是個很快的槍手，非常快。」黑豹冷冷的道：「又有誰能擊落他手裡的槍，逼著他跳樓？」

「這種人的確不多。」羅烈凝視著他：「也許只有一個。」

「只有一個？」

「只有一個！」

「我？」

「不是你？」

黑豹突然大笑，羅烈也笑了。

他們就好像忽然同時發現了一樣非常有趣的事。

包子也已端上來，黑豹的笑聲還沒有停，忽然道：「蟹黃包子要趁熱吃，涼了就有腥氣。」

羅烈拿起筷子：「我吃一籠，你吃一籠。」

於是兩個人又突然停住笑聲，低著頭，開始專心的吃他們的包子和麵。

他們都吃得快，就好像都已餓得要命，對他們來說，這世上好像已沒有比吃更重要的事。

然後羅烈才長長吐出口氣，面上帶著滿意之色：「這包子的確不錯。」

黑豹微笑道：「這也是大師傅親手做的，只有我的朋友才能吃到。」

「卻不知高登吃過沒有？」

「沒有。」

「他當然沒有吃過。」羅烈笑了笑，笑得彷彿有點悲哀：「他不是你的朋友？」

「我只有一個朋友。」

「只有一個？」

「只有一個！」

「我？」

黑豹也笑了笑，笑得也同樣悲哀：「我沒有家，沒有父母兄弟，甚至連自己的姓都沒有。」他凝視著羅烈，慢慢的接著道：「可是我從認得你那天開始，就一直把你當做我的朋友。」

羅烈目中已露出了被感動的表情，多年前的往事，忽然又一起湧上他的心頭。

他彷彿又看見了一個孤獨而倔強的男孩子，只穿著一件單衣服，在雪地上不停的奔跑。

那正是他第一次看見黑豹的時候。

他並沒有問這孩子爲什麼要跑個不停，他知道一個只穿著件單衣的孩子，若不是這麼樣跑，就要被凍死。

他一句話都沒有問，就脫掉身上的棉襖，陪著這孩子一起跑。

自從那一天，他們就變成了好朋友。

黑豹現在是不是也想起了這件事？

他還在凝視著羅烈，忽然問：「假如真是我逼著高登跳樓的，你會不會殺了我替他報仇？」

羅烈並沒有直接回答這句話，過了很久，才長長嘆息：「他是我的朋友，你也是，所以，我一直都沒有真的想知道究竟是誰殺了他的。」

黑豹忽然從桌上伸過手去，用力握住了他的手：「但我還想讓你知道一件事。」

「你說。」

「這裡本是個人吃人的地方，像高登那種人到這裡來，遲早總是要被人吞下去的。」

黑豹的聲音低沉而誠懇。

「爲什麼？」

「因爲他也想吃人！」

羅烈看著他的手，沉默了很久，忽然又問道：「你呢？」

「我也一樣。」黑豹的回答很乾脆：「所以我若死在別人手裡，也絕不想要你替我報仇。」

羅烈沒有開口。

在這片刻的短暫沉默中，他忽然做出件非常奇怪的事。

他忽然打了個呵欠。

在黑豹說出那種話之後，他本不該打呵欠的，他自己也很驚訝爲什麼會突然覺得如此疲倦。

「抱歉。」他苦笑著說：「我吃得太飽了，而且也很累。」

「我看得出你昨天晚上沒有睡好。」黑豹微笑著：「我也知道紅玉不是個會讓男人好好睡覺的女人。」

他微笑著拍了拍羅烈放在桌上的手：「所以你現在應該好好回去睡一覺，睡上三四個鐘頭，十二點左右，我再去吵醒你，接你回家去吃飯。」

「回你的家？」

「我的家，也就是你的。」黑豹笑著說：「你去了之後，我也許再也不會放你走了。」

百樂門飯店的大門是旋轉式的，羅烈站在大門後，看著拉他來的黃包車伕將車子停在對面的樹蔭下，掏出了一包煙，眼睛卻還是在盯著這邊的大門。

他顯然並沒有要走的意思，也並不準備再拉別的客人。

羅烈嘴角露出種很奇怪的微笑，他知道這地方還有個後門。

二

後門外的陽光也同樣燦爛。

任何地方的陽光都是如此燦爛的，只可惜這世上卻有些人偏偏終年見不到陽光。

生活在「野雞窩」裡的人，就是終年見不到陽光的，陳瞎子當然更見不到。

「野雞」並不是真的野雞，而是一些可憐的女人，其中大多數都是臉色蒼白，發育不全的，她們的生活，甚至遠比真正的野雞還卑賤悲慘。

野雞最大的不幸，就是挨上了獵人的子彈，變成人們的下酒物。

她們卻本就已生活在別人的刀俎上，本就已是人們的下酒物。

她們甚至連逃避的地方都沒有。

唯一能讓她們活下去的，也只不過剩下了一點點可笑而又可憐的夢想而已。

陳瞎子就是替她們編織這些夢想的人。

在他嘴裡，她們的命運本來都很好，現在雖然在受著折磨，但總有一天會出頭的。

就靠著這些可笑的流言，每天爲陳瞎子換來三頓飯和兩頓酒，也爲她們換來了一點點希望，讓她們還能有勇氣繼續活在這火坑裡。

七點五十五分。

這正是火坑最冷的時候，這些出賣自己的女人們，吃得雖少，睡得卻多。

她們並不在乎浪費這大好時光，她們根本不在乎浪費自己的生命。

陳瞎子那間破舊的小草屋，大門也還是緊緊地關著的。

羅烈正在敲門。

他並沒有上樓，就直接從飯店的後門趕到這裡來。

那賣報的孩子說出「陳瞎子」三個字的時候，他就已發現黑豹目中露出的怒意和殺機。

門敲得很響，但裡面卻沒有人回應。

「難道黑豹已經先來了一步？難道陳瞎子已遭了毒手？」

羅烈的心沉了下去，熱血卻衝了上來。

這使得他做了件他以前從未做過的事，他撞開了別人家的門。

這並不需要很有力，甚至根本沒有發生很大的聲音來。

木屋本就已非常破舊，這扇薄木板釘成的門幾乎已腐朽得像是張舊報紙。

屋子窄小而陰暗，一共只有兩間。

前面的屋裡，擺著張破舊的木桌，就是陳瞎子會客的地方，牆上還掛著些他自己看不見的粗劣字畫。

後面的一間更小，就是陳瞎子的臥房，每隔五六天，他就會帶一個「命最好」的女人到裡面去，發洩他自己的慾望，同時也替這女人再製造一點希望。

他替她們摸骨時，總喜歡摸她們的大腿和胸脯，來決定誰才是「命最好」的。

他雖然是個瞎子，但卻是個活瞎子，一個活的男瞎子。

羅烈衝進去的時候，他還是活著，正坐在他的床邊，不停的喘著氣，顯得出奇的緊張而不安。

「是什麼人？」

「是我，羅烈。」羅烈已鬆了口氣：「我還以爲你出了事，你爲什麼不開門？」

陳瞎子笑了：「我怎麼知道是你？」

他笑得實在太勉強，這裡就算有個「命好」的女人，他也用不著如此緊張的。

羅烈忽然發現他的腳旁邊，還有一雙腳。

一雙穿著破布鞋的腳，從床下面伸了出來，鞋底已經快磨穿了。

這裡的女人絕不會穿這種鞋子的，這裡的女人根本很少走路。

一個總是躺在床上的人，鞋底是絕不會被磨穿的。

「我每天總要等到十點鐘以後才開門的。」陳瞎子還在解釋，一雙眼睛看來就像是兩個黑黝黝的洞。

「十點鐘以前你從不見客？」羅烈問。

陳瞎子搖搖頭：「但你當然是例外，你是我的朋友。」他笑得更勉強：「走，我們到外面去坐，我還有半瓶茅台酒。」

他想站起來，拉羅烈出去，但羅烈卻突然彎腰，拉出了床下的那雙腳。

腳已冰冷僵硬，人也已冰冷僵硬。

「小猴子。」

小猴子就是那個賣報的孩子，這個「又聰明，又能吃苦，將來總有一天會竄起來的孩子」，現在卻已永遠起不來了。

他一雙眼睛已死魚般凸出，咽喉上還有著紫黑色的指印，竟赫然是被人活生生扼死的。

陳瞎子也嚇呆了，過了半晌，才往外面衝了出去，但羅烈已一把揪住了他的衣襟！

「你殺了小猴子！」

「我……我……」陳瞎子的臉已因緊張而扭曲，只有一個殺人的兇手，臉上才會有這種緊張可怕的表情。

「你爲什麼要殺他？」羅烈厲聲問。

其實他根本不必問的。

小猴子看到他跟黑豹之後，當然就立刻趕到這裡來告訴陳瞎子，卻又不敢告訴他，已在黑豹面前說出了他的名字。

「你生怕黑豹會從他身上追問出你來，所以就殺了他滅口？」

陳瞎子用力搖了搖頭，喉嚨裡「格格」的發響，卻說不出一個字來。

「你沒有殺他？」羅烈怒喝。

陳瞎子額上的冷汗已雨點般流下，終於垂下了頭，他知道現在說謊也已沒有用了。

羅烈的手用力，幾乎將他整個人都提起來：「他還是個孩子，你怎麼忍心對他下這種毒手？」

「我不想殺他的，真的不想，可是……」陳瞎子灰白的臉上，那一雙黑洞般的瞎眼裡，顯得說不出的空虛、絕望，和恐懼：「可是他若不死，我就得死，我……我還不想死。」

羅烈忍不住冷笑：「像你這麼樣活著，和死又有什麼分別？」

「我知道我過的日子比狗都不如，又是個瞎了眼的殘廢。」陳瞎子的臉上突然佈滿了淚水：「但我卻還是想活下去……每個人都有權想法子讓自己活下去的，是不是？」

羅烈看著他，看著清亮的淚珠，泉水般從他的瞎眼中流出來。

世上還有什麼比一個瞎子流淚更悲慘的事？

羅烈的手軟了。

陳瞎子的聲音，聽來就像是平原上的餓狼垂死的呼號……

「我還不想死，我還想活下去！」

一個人爲了讓自己能活下去，是不是就有權傷害別人呢？

羅烈無法回答。

「你若遇見像我這樣的情況，你怎麼辦？」陳瞎子又在問：「你難道情願自己死？」

羅烈終於長長嘆息：「我只想讓你明白兩件事。」他沉聲道：「第一，小猴子也是人，他也有權活下去，第二，你殺了他，根本就沒有用的。」

「爲什麼？」

「因爲他已在黑豹面前，提起過你的名字。」羅烈突然放下陳瞎子，頭也不回的走了出去。

他不想再回頭去看陳瞎子，也不願再看陳瞎子臉上的表情。

但他還是能想像得到。

窄巷裡充滿了一種混合著廉價脂粉、粗劣煙酒，和人們嘔吐的惡臭氣。

一個衣衫不整，臉色蒼白的女人，正用一雙塗著鮮紅蔻丹的手，揉著她那雙又紅又腫的眼睛，在門口送客。

她看來最多只不過十三四歲，甚至還沒有完全發育，她的客人卻是個已有六十多的老頭子。

老頭子正扶著她的肩，在她耳旁低低的說著話，臉上帶著種令人作嘔的淫褻之色。

她居然還在吃吃的笑著，用手去捏這老頭子的腿。

因爲她也爲了要活下去。

羅烈不忍再看，他已幾乎忍不住要嘔吐。

「像她和陳瞎子這樣的人，爲了要活下去，都會不擇一切手段，何況別人呢？」

何況黑豹！

羅烈忽然發現，這世界上的確有一些誰都無法解答的問題存在。

究竟要怎麼做才是對的？究竟誰是對的？

他不能回答，也許根本就沒有人能回答。

現在他只想趕快離開這裡，因爲他根本沒法子解決這些人的困難和問題。

但就在這時，他又聽見陳瞎子發出了一聲垂死野獸般的呼號。

「我不知道……我什麼都不知道……」

那小姑娘和老頭子都回過頭，臉上已露出吃驚的表情。

「砰」然的一聲，那小木屋腐朽了的大門又被撞開了。

陳瞎子就像是一條負傷的野狗般衝了出來，踉蹌狂奔。

「救命……」

羅烈不能不轉回身，立刻就看見陳瞎子正向這邊衝了過來。

他身後還跟著一個人。

這人身材瘦小，黝黑的尖臉上，帶著種惡毒而危險的表情，手裡緊握著尖刀。

甚至連羅烈都很少看見如此兇狠危險的人。

他也看見了羅烈，看見陳瞎子正奔向羅烈。

他的手突然一揮，刀光一閃，已刺入了陳瞎子的背脊。

陳瞎子只覺背上一陣刺痛，連慘呼聲都未發出來，已倒了下去。

刀鋒已從背脊後刺入了他的心臟。

那尖臉銳眼的瘦小男人面上立刻露出滿意之色，但一雙眼睛卻還是在盯著羅烈。

他本來好像已準備走了，但卻又突然停下來，手裡又抽出柄尖刀。

現在他的人看來正如他手裡的刀一樣，短小、鋒利、充滿了攻擊性。

羅烈慢慢的走過去。

「你就是拚命七郎？」

這人點點頭，手裡的刀握得更緊，他顯然知道羅烈，沒有想到羅烈也能認得出他。

可是他並沒有說話，更沒有退縮。

羅烈還是在往前走：「你想跟我拚命？」

拚命七郎獰笑著，喉管裡忽然發出一種響尾蛇般的低嘶聲。

就在這一瞬間，他的人已向羅烈衝了過來，刀光一閃，刺向羅烈的咽喉。

他的出手迅速、準確、致命！

羅烈彷彿想向後閃避，但突然間，他的掌緣已砍向對方握刀的手腕。

拚命七郎卻像是根本沒有看見他的動作，還是連人帶刀一齊向他撲過來。

只要能把自己手裡的這柄刀刺入對方的咽喉，就是他唯一的目的。

至於他自己是死是活，他根本就沒有放在心上。

這才是拚命七郎真正最可怕的地方，甚至遠比他的刀更可怕。

羅烈已不能不向後退，但突然間，他身子一轉，右腿已從後面踢出去，踢在對方手腕上。

拚命七郎手裡的刀已脫手飛出，他卻連看都沒有看一眼，反手又去拔刀。

但也就在這同一刹那間，羅烈已反身揮拳，痛擊他的鼻樑。

他一低頭，竟向羅烈肋下直撲了過去。

他的刀已拔出，用盡全身力氣，直刺羅烈的肋骨間。

這一擊雖然狠毒，但無異卻已將自己整個人都賣給了羅烈。

他的刀縱然能刺入羅烈的肋骨，他自己的頭顱也難免要被擊碎。

除了他之外，沒有人會用這種不要命的打法，也沒有人肯用。

但羅烈的身子突然一閃，已讓過了這柄刀，夾住了他的右臂。

他的人幾乎已完全在羅烈懷裡，他的臂也已幾乎被活生生的夾斷。

但他還是咬著牙，用膝蓋猛撞羅烈的小腹。

羅烈的手已沉下，切在他膝蓋上，那種骨頭碎裂的聲音，令人聽得心都要碎了。

冷汗已黃豆般從他臉上滾下來，可是他左手卻又抽出柄刀，咬著牙刺向羅烈胸膛。

他這隻手立刻也被羅烈握住，手腕上就像是突然多了道鐵箍，連刀都已握不住。

他全身上下已完全被制住。

可是他還有嘴。

他突然狂吼一聲，野獸般來咬羅烈的咽喉。

羅烈忍不住嘆了口氣，突然揮拳，迎面打在他的鼻樑上。

他的人立刻被打得飛了出去，重重的跌在兩丈外，黑瘦的尖臉上已流滿了血。

但他還是在掙扎著，想再撲過來。

羅烈看著他，輕輕嘆息：「每個人都拚命想法子要活下去，你爲什麼偏偏不想？」

拚命七郎爬起來，又跌倒，用一雙充滿怨毒的黑眼，狠狠的瞪著他，喉嚨裡還在低嘶著，突然狂吼：「你有種就過來殺了我。」

羅烈沒有過去，也不想殺他。

抽刀拚命，窄巷殺人，這並不是羅烈願意做的事，無論爲了什麼原因他都不願做。

他慢慢的轉過身，只想趕快離開這裡。

但就在這一瞬間，他忽然發現拚命七郎整個人都像是完全變了。

這個不要命的人，看見羅烈轉過身時，好像立刻鬆了口氣，整個人都軟了下去，眼睛裡的兇狠惡毒之色，也變成種寬心的表情。

他知道羅烈已不會再殺他了，他知道自己已經可以活下去。

他那種不要命的樣子，也只不過是爲了生存而作出的一種姿態而已。

因爲他知道自己若不這麼樣做，也許會死得更快。

他要別人怕他，只不過是爲了掩飾自己內心的恐懼——對死亡的恐懼，也同樣是對生命的恐懼。

「難道這裡真是個人吃人的世界？」

「難道一個人必須要傷害別人，自己才能夠生存下去？」

羅烈的心彷彿在刺痛，忽然間，他對生活在這種世界裡的人，有了種說不出的同情和憐憫——這種感覺跟他的厭惡同樣深。

他忍不住又回頭看了拚命七郎一眼，像刀鋒般冷的一眼，卻又帶著種殘酷的譏誚和憐憫。

拚命七郎看到了這種眼色，立刻發現這個人已完全看透了他。

這甚至遠比刺他一刀更令他痛苦。

「姓羅的，你走不了的！」他突然又大吼：「你既然已來到這裡，就已死定了！」

這句話他本不該說的。

但一個自尊受到傷害的人，豈非總是會說出一些不該說的話？

這時羅烈卻已走出了窄巷，又走到陽光下。

陽光更燦爛，現在本就已接近一天中，陽光最輝煌燦爛的時候。

現在八點半正。

十三 血腥

一

這裡不是火坑，是地獄。

陽光也照不到這裡，永遠都照不到，這地方永遠都是陰森、潮濕、黑暗的。

波波倚著牆，靠在角落裡，也不知是睡是醒。

她發誓絕不倒下去，可是她卻已無法支持，昏迷中，她夢見了黑豹，也夢見了羅烈。

她彷彿看見黑豹用一把刀刺入了羅烈的胸膛。但流著血倒下去的人，忽然又變成了黑豹。

「黑豹，你不能死！」

她驚呼著睜開眼，黑豹彷彿又站在她面前了，她的心還在跳，她的腿還在發軟。

她情不自禁撲倒在黑豹懷裡。

黑豹的胸膛寬厚而堅實，她甚至可以感覺到他的心跳和呼吸。

這不是夢。

黑豹真的已站在她面前。

「我沒有死，也不會死的。」他冷酷的聲音中好似帶著種無法描敘的感情。

這種感情顯然也是無法控制的。

他已忍不住緊緊擁抱住她。

在這一瞬間，波波心裡忽然也有了種奇妙的感覺，她忽然發覺黑豹的確是在愛著她的。

他拋棄了她，卻又忍不住去找她回來，他折磨了她，卻又忍不住要來看她。

這不是愛是什麼？

只可惜他心裡的仇恨遠比愛更強烈，因爲遠在他懂得愛之前，已懂得了仇恨。

也許遠在他穿著單衣在雪地上奔跑時，他已在痛恨著這世界的冷酷和無情。

「他究竟是個可憐的人，還是個可恨的人？」

波波分不清。

在這一瞬間，她幾乎已完全軟化，她喃喃的低語著，聲音遙遠得竟彷彿不是她說出來的。

「帶我走吧，你也走，我們一起離開這地方，離開這些人，我永遠再也不想看見他們。」

黑豹冷酷的眼睛，彷彿也將要被溶化，在這一瞬間，他也幾乎要放棄一切，忘記一切。

但他卻還是不能忘記一個人，這世上唯一能真正威脅到他的一個人。

他這一生，幾乎一直都活在這個人的陰影裡。

「你也不想再看見羅烈？」他忽然問。

「羅烈？」

波波的心冷了下去，她不知道黑豹在這種時候爲什麼還要提起羅烈。

因爲她還不瞭解男人，還不知道男人的嫉妒有時遠比女人更強烈，更不可理喻。

「我已約了羅烈今天中午到這裡來。」黑豹的聲音也冷了下去：「你真的不想看見他？」

波波突然用力推開了他，推到牆角，瞪著他。

她忽然又開始恨他，恨他不該在這種時候又提起羅烈，恨他爲什麼還不瞭解她的感情。

「我當然想見他，只要能見到他，叫我死都沒有關係。」

黑豹的臉也冷了下去：「只可惜他永遠不會知道你就在這裡，永遠也不會知道那華麗的客廳下面還有這麼樣一個地方。」

他冷冷的接下去：「等你見到他時，他只怕也已永遠休想活著離開這裡了。」

「你約他來，爲的就是要害他？」

黑豹冷笑。

「你害別人，向別人報復，都沒關係。」波波突又大叫：「可是你爲什麼要害他？他又做過什麼對不起你的事？」

「我隨便怎麼對他，都跟你完全沒有關係！」黑豹冷笑著說。

「爲什麼跟我沒有關係？他是我的未婚夫，也是我最愛的人，我……」

她的話沒有說完，黑豹的手已摑在她臉上。

他冷酷的眼睛裡，似已有火燄在燃燒，燒得他已完全看不清眼前的事。

愛情本就是盲目的，嫉妒更能使一個最聰明的人變得又瞎又愚蠢。

他的手掌不停的摑下去。

「你打死我好了，我死了也還是愛他的。」波波大叫著，昂著頭，一雙美麗的眼睛裡，已充滿了失望、憤怒，和痛苦。

「我恨你，恨死了你，我死了也只愛他一個人！」

黑豹的手掌已握成拳，像是恨不得一拳打斷她的鼻樑。

可是他並沒有下手，他突然轉身，大步走了出去，用力關起了門。

波波咬著嘴唇，全身不停的發抖，終於忍不住用手掩著臉，失聲痛哭了起來。

她恨黑豹，也恨自己。

她忽然瞭解了真正的仇恨是什麼滋味，她發誓要讓黑豹死在她手上。

愛和恨之間的距離、分別又有多少呢？

二

百樂門飯店四樓套房的臥室裡面，也同樣看不到陽光。

紫色的絲絨窗簾低垂著，使得這屋子裡永遠都能保持著黃昏時那種低暗的和平和寧靜。

紅玉還在睡，睡得很甜。

她漆黑的頭髮亂雲般堆在枕上，她的臉也埋在枕頭裡，像是想逃避什麼。

羅烈不想驚動她。

看見她，他又不禁想起了那個在門口送客的，睡眼惺忪的小女人。

「為什麼她們這種人總是睡得特別多些？」

「是不是因為她們只有在沉睡中，才能享受到真正的寧靜？」

羅烈輕輕嘆息，他也決心要好好睡一下，即使睡兩個小時也是好的。

他知道今天中午一定會有很多事要發生，他已漸漸開始瞭解黑豹。

被很薄、很輕。

他剛想躺下去，忽然覺得一陣寒意從腳底下升了上來。

在雪白的枕頭上，正有一片鮮紅的血慢慢的滲了出來。

他掀開被，就看見了一柄刀斜插在紅玉光滑赤裸的背脊上。

刀鋒已完全刺入她背脊，刀柄上纏著漆黑的膠布。

她溫暖柔軟的胴體，幾乎已完全冰冷僵硬。

翻過她的身子，就可以看見她嘴角流出來的鮮血。

她那雙迷人的眼睛裡，還帶著臨死前的驚駭與恐懼，彷彿還在瞪著羅烈，問羅烈：

「他們為什麼要殺我？為什麼要殺我這麼樣一個可憐的女人？」

羅烈也不知道。

他甚至不敢確定這究竟是不是黑豹下的毒手？黑豹本來沒有理由要殺她的。

「難道她也知道一些別人不願讓我知道的秘密，所以才會被人殺了滅口？」

羅烈咬著牙，用他冰冷的手，輕輕的闔起了她的眼皮。

他心中充滿了悲傷和歉疚，也充滿了怒意。

若不是因爲他，這可憐的女人本不會死的，她不明不白的做了爲別人犧牲的工具——她活著的時候如此，死也是這麼樣死的。

羅烈握緊了雙拳，他終於明白有些事是永遠不能妥協的，在這種地方，有些人根本就不給你妥協的餘地。

你想活著，就只有挺起胸來跟他們拚命。

他忽然發現拚命七郎並沒有錯，陳瞎子也沒有錯。

那麼難道是他錯了？

羅烈慢慢的放下紅玉，慢慢的轉過身，從衣櫥背後的夾縫裡，抽出了一個漆黑的小箱子。

他本來不想動這箱子的，但現在他已完全沒有選擇的餘地。

三

九點十五分。

秦松走進三樓上的小客廳時，黑豹正用手支持著身子，倒立在牆角。

他的眼睛出神的瞪著前面，黝黑而瘦削的臉已似因痛苦而扭曲，從上面看下去，更顯得奇怪而可怕。

他動也不動的倒立在那裡，彷彿正想用肉體的折磨，來減輕內心的痛苦。

秦松吃驚的停下腳步。

他從未看見黑豹有過如此痛苦的表情，也從未看見黑豹做過如此愚蠢的事。

他只希望黑豹不要發現他已走進來，有些人在痛苦時，是不願被別人看見的。

但黑豹卻已突然開口：「你為什麼還不去買雙新鞋子？」

秦松垂下頭，看著自己的鞋子。

鞋子的確已很破舊，上面還帶著前天雨後的泥濘，的確已經該換一雙了。

但他卻不懂得黑豹為什麼會在這種時候，提起這種事。

黑豹已冷冷的接著道：「聰明人就絕不會穿你這種鞋子去殺人！」

秦松眼睛裡不禁露出崇敬之色，他終於已明白黑豹的意思。

破舊而有泥的鞋子，說不定就會在地上留下足跡。

他終於相信黑豹能爬到今天的地位，絕不是因為幸運和僥倖。

黑豹的細心和大膽，都同樣令人崇敬。

「我進去的時候很小心。」秦松低著頭：「那婊子睡得就像是死人一樣，連褲子都沒有穿，好像隨時都在等著羅烈爬上去。」

他很巧妙的轉過話題，只希望黑豹能忘記他的這雙鞋子，道：「我一直等到她斷氣之後，才離開。」

「你不該等那麼久，羅烈隨時都可能回去。」黑豹的聲音仍然冰冷：「殺人的時候，要有把握一刀致命，然後就盡快地退出去，最好連看都不要再去看一眼，看多了死人的樣子，以後手也許就會變軟。」

他今天的情緒顯然不好，彷彿對所有的事都很不滿意。

秦松永遠也猜不出是什麼事令他情緒變壞的，甚至猜不出他爲什麼要去殺紅玉。

那絕不僅是爲了要給羅烈一個警告和威脅。

這原因只有黑豹自己知道。

紅玉說不定曾經在這裡聽過「波波」的名字，他不願任何人在羅烈面前提起這兩個字。

「守在後門外的印度人告訴我，羅烈是往野雞窩那邊去的。」秦松道：「我想他一定是去找陳瞎子。」

「只可惜他已遲了一步。」黑豹冷笑。

他顯然低估了羅烈的速度。

羅烈坐上那輛黃包車，他就已叫人找拚命七郎去對付陳瞎子，他算準羅烈無論如何一定會先回百樂門的。

但拚命七郎趕到那裡時，羅烈卻先到了。

在兩軍交戰時，「速度」本就是致勝的最大因素之一。

「去對付陳瞎子的是誰？」秦松忍不住問。

「老七。」黑豹回答：「那時他就在附近。」

秦松笑了笑：「我只擔心他會帶個死瞎子回來，老七好像已經有一個月沒殺過人了。」

他的笑容突然凍結在臉上，他正站在窗口，恰巧看見一輛黃包車載著滿身鮮血淋漓的拚命七郎飛奔到大門外。

黑豹也已發現了他臉上表情的變化：「你看見了什麼？」

秦松終於長長嘆了口氣：「從今以後，老七只怕永遠也不能再殺人了。」

拚命七郎被抬上來後，只說了兩個字：

「羅烈！」

然後他就暈了過去，他傷得遠比胡彪更重。

「羅烈。」倒立著的黑豹已翻身躍起，緊握起雙拳，突然大吼：「叫廚房裡不要再準備中午的菜，到五福樓去叫一桌最好的燕翅席，今天我要好好的請他吃一頓。」

他想了想，又大聲道：「再叫人到法國醫院去把老二接出來，今天中午我要他作陪。」

老二正在養病，肺病。

他在法國醫院養病已很久，遠在金二爺還沒有倒下去時就已去了，有人甚至在懷疑他不是真病，只不過不願參加那一場血戰而已。

無論都知道，褚二爺一向是很謹愼，很不願冒險的人。

秦松忍不住皺了皺眉：「他病得好像很重，只怕不會來的。」

「這次他非來不可。」黑豹很少這麼樣激動：「還有老么，今天他爲什麼一直到現在還沒有露過面？」

「昨天晚上他醉了。」秦松微笑著回答：「一定又溜去找他那個小情人去了。」

紅旗老么的小情人是個女學生，胸脯幾乎和她的臉同樣平坦。

紅旗老么看上了她，也許只有一個原因——因爲她看不起他。

她也同樣看不起黑豹。

「那婊子對老么就好像對奴才一樣，好像老么要親親她的臉，都得跪下來求她老半天。」

秦松嘆息著：「我眞不懂老么爲什麼偏偏要去找她？」

「因爲男人都有點生得賤。」黑豹目中又露出痛苦憤怒之色：「老么若還不死心，說不定總有一天會死在那女人腳下的。」

四

九點三十二分。

這大都市中最有權力的幫派裡的紅旗老么，正捧著杯熱茶，小心翼翼的送到書桌上。

杜青文正伏在桌上看書，似已看得入了神。

外面的小院子裡，薔薇開得正艷，風從窗外吹進來，帶著一陣陣花香。

這屋子是紅旗老么花了很多心血才找來的，雖然不大，卻很幽靜。

因爲杜小姐喜歡靜。

她似乎已忘了她剛到這裡來唸書的時候，住的那女子宿舍，比十個大雜院加起來還吵十倍。

現在她正在看一本叫「人間地獄」的小說，裡面描寫的是一個洋場才子和妓女們的愛情。

她臉上的表情卻比教士們在讀聖經時還要嚴肅，就好像再也沒有比看這本言情小說更重要、更偉大的事情了。

紅旗老么卻在看著她，臉上的神情顯得又驕傲、又崇拜、又得意。

「像我這樣的人，想不到居然能找到這麼樣一個有學問的女才子。」每當他這麼樣想的時候，心就忍不住有一股火熱的慾望衝上來。

那種感覺就好像有人在他小肚子裡點著了一根火把似的。

「你太累了，應該休息了。」他忍不住道：「太用功也不好，何況，昨天晚上我喝得大醉，你一定被吵得沒有睡好覺。」

「你既然知道自己吵得人家睡不著，現在就應該趕快回去。」杜小姐沉著臉，沉沉的說，卻還是連看都沒有看他一眼。

可是紅旗老么最喜歡的，偏偏就正是她這種冷冰冰的樣子。

他忍不住悄悄的伸出手，去輕撫她的頭髮，柔聲道：「我是該走了，只不過我們還沒有……」

「還沒有怎麼樣？」杜青文突然回過頭，瞪著他：「你還想幹什麼？」

她薄薄的嘴唇，好像已氣得在發抖，紅旗老么看著她的嘴，想到這張嘴因爲別的緣故發抖時的樣子，全身都熱得冒了汗。

「你知道我想要什麼的，卻偏偏還是要故意逗我著急。」

「我逗你？我爲什麼要逗你？」杜青文冷笑：「我一想到那種骯髒事就嘔心。」

「你這個小妖精，一天到晚假正經。」紅旗老么喘息著，笑得就像隻叫春的貓：「其實你對那種骯髒事比誰都有興趣。」

杜青文跳起來，一個耳光向他摑了過去。

可是她的手已被捉住。

她用腳踢，腿也被夾住，陰丹士林布的裙子翻起來露出了一雙蒼白卻有力的腿。

他的手已伸到她大腿的盡頭，然後就將她整個人都壓在地上。

她用空著的一隻手拚命搥他的胸膛：「你這隻野狗、瘋狗，你難道想在地上就……」

「地上有什麼不好？」他的手更加用力：「在地上我才能讓你知道我的厲害，今天我就非要讓你叫救命不可了。」

她也喘息著，薄而冷的嘴唇突然變得灼熱，緊緊夾住的腿也漸漸分開。

他已撕開她衣襟，伏在她胸膛上，就像嬰兒般吮吸著。

她的掙扎推拒已漸漸變為迎合承受，突然瘋狂般抱住了他，指甲卻已刺入他肉裡，呻吟般喘息著低語：「你這條小野狗，你害死我了。」

「我就是要你死，讓你死了又活，活了又死。」他喘息的聲音更粗。

她忍不住尖叫：「我也要你死……要你死……」

「你若是真的要他死，倒並不是太困難的事。」窗外突然有人淡淡道：「我隨時都可以幫你這個忙的。」

紅旗老么就像是隻中了箭的兔子般跳起來，瞪著這個人。

「你是誰？想來幹什麼？」

他還沒有見過羅烈，也不知道昨天晚上的事。

羅烈微笑著，欣賞杜青文的腿：「你一定練過芭蕾舞，否則像你這麼瘦的人，怎麼會有這麼漂亮的一雙腿。」

杜青文的臉紅了，身子往後縮了縮，好像並沒有把裙子拉下去蓋住腿的意思。

紅旗老么一把揪住她的頭髮：「你認得這小伙子？他是什麼人？」

「我認得他又怎麼樣？」杜青文又尖叫起來：「無論他是我的什麼人，你都管不著，你算什麼東西？」

她的裙子已褪到腰上，一雙赤裸的腿已全露出來。

紅旗老么怒吼：「你這婊子，你是不是喜歡他看你的腿？」

「我就是喜歡讓他看，我不但要他看我的腿，還要讓他看我的……」

紅旗老么突然一巴掌摑在她的臉上。

她尖叫著，抬高了腿，用力踢他的小腹，他的手不停的落在她臉上，她的尖叫聲漸漸微弱。

羅烈突然冷笑：「打女人的不算好漢，你有本事爲什麼不出來找我？」

紅旗老么狂吼一聲，身子已躍起，跳在窗口的書桌上，一腳踢向羅烈的下巴。

他的動作矯健而勇猛，十三歲時，他就已是個出名可怕的打手，十二歲時就曾經徒手打倒過三個手裡拿著殺豬刀的屠夫。

除了黑豹外，他從來也沒有把別人看在眼裡。

可是他一腳踢出後，就知道自己今天遇上了個可怕的對手。

這七八年來，他身經大小數百戰，打架的經驗當然很豐富，縱使在狂怒之下，還是能分得出對方的強弱。

他看見羅烈的人忽然間就已憑空彈起，落下去時已在兩丈外。

紅旗老么深深的吸了口氣，勉強讓自己鎭定下來，現在，他已看出這個人絕不是爲了杜青文而來的。

像這麼樣的高手，絕不會無緣無故的找人打架，因爲他自己也一樣，只要一出手，就沒有打算讓對方活下去。

他開始仔細打量羅烈，最後終於確定他非但不認得這個人，而且從未見過。

「你剛到這裡？」他忽然問。

「不錯。」羅烈目中露出讚許之色，一個人在狂怒中還能突然鎮定下來，並不是件容易事。

「我們之間，有沒有仇恨？」

「沒有。」

「你要找的人真是我？」

「不錯，是你。」羅烈笑了笑：「這半個月來，你至少有十天晚上在這裡。」

紅旗老么的心沉了下去：「你既然已注意了很久，今天想必不會放過我，是不是？」

羅烈嘆了口氣：「你在那女人面前就像是個呆子，我實在想不到你竟是這麼聰明的人。」

「你是不是一定要我死？」

「至少也得打斷你的一條腿。」他問得乾脆，羅烈回答也同樣乾脆。

「你這是爲了什麼？爲了我是黑豹的兄弟？」

羅烈笑了。

他開始笑的時候，紅旗老么突然大喝一聲，凌空飛撲了過去。

他並沒有真的打算要問羅烈爲什麼。

人。

他自己殺人時，也從不會回答這句話的，有時甚至連他自己都不知道自己是爲了什麼而殺

這次羅烈沒有閃避，反而迎上去。

紅旗老么的拳擊出，但羅烈的人卻已從他肋下滑過，反手一個肘拳，打在他脊骨上。

他倒下，再躍起，右拳怒擊。

可是羅烈已夾住他的臂，反手一擰，他立刻聽見了自己骨頭折斷的聲音。

一種令人只想嘔吐的聲音。

他沒有吐出來。

羅烈的另一隻手，已重重的打上了他的鼻樑。

他的臉立刻在羅烈鐵拳下扭曲變形，這次他倒下去時，也已不能再站起來。

很可能永遠也不能再站起來。

現在正是午飯的時間。

一隻手伸進來，捧著個食盒，裡面有一格裝滿了白米飯，其餘的三個小格子，放的是油爆蝦、燻魚、油炒筍、小排骨，和一隻雞腿、兩隻雞翅膀。

這些都是波波平時最愛吃的菜。

只有黑豹知道波波喜歡吃什麼，這些難道都是黑豹特地叫人送來的？

不管怎麼樣，他心裡至少還是沒有忘記她。

波波的心卻又在刺痛。

黑豹對她究竟是愛？還是恨？她對黑豹究竟是愛？還是恨？

這連她自己都分不清。

她並沒有去接食盒，卻將自己的身子，盡量緊貼在門後的角落裡。

「飯來了，你不吃是你自己倒霉。」

門外有人在說，聲音很年輕。

波波不響，也不動。

托著食盒的手縮了回去，卻有雙眼睛貼上了窗口。

他當然看不見角落裡的波波，只看見了間空屋子：「關在裡面的人難道已逃走？」

這雖然絕沒有可能，但他卻還是不放心。

他的責任太大。

波波若是真的溜走了，他只有死，是怎麼樣死法，他連想都不敢想。

門外立刻響起了開鎖的聲音。

波波連呼吸都已經停頓，但心跳卻比平時加快了好幾倍。

門已開了。

一個人手裡握著根鐵棍，試探著走了進來，還沒有回頭往後面看。

波波忽然從後面用力將他一推，人已靠在門上，「砰」的關住了門。
這人好不容易才站穩，回過頭，吃驚的看著她：「你這是什麼意思？」
「沒有意思。」波波用自己的身子頂住了門，看著他。
他也跟小白一樣，是個不難看的年輕人，看來並不太狡猾，也並不太兇狠。
也許正因爲他是個老實人，所以才會被派到這不見天日的地窖裡，做這種無足輕重的事，若是兇狠狡猾的人，早已「竄上」了。
波波看著他，忽然笑了。
她的臉雖然已青腫，而且很髒，可是她笑起來，還是那麼甜蜜，那麼可愛。
波波本就是個甜蜜可愛的女人。
「你叫什麼名字？」
年輕人遲疑著，終於回答：「我叫蔡旺，別人都叫我阿旺。」
「阿旺。」波波吃吃的笑了，又道：「以前我有一條小狗，也叫做阿旺，我總是喜歡抱著牠，替牠洗澡。」
阿旺已漲紅了臉：「你讓開路，我出去端飯過來，飯還是熱的。」
「你站在那裡不准動。」波波忽然板起了臉：「否則我就要叫了。」
「你要叫？叫什麼？」阿旺不懂。
波波道：「我把別人都叫過來，說你闖進這屋子裡，關起門，要強姦我。」

阿旺的臉色變了。

他當然知道波波和黑豹的關係，無論誰動了黑豹的女人，那種可怕的後果他也知道。

波波眼珠子轉了轉，忽又笑道：「可是你只要老老實實的回答我幾句話，我就讓你走。」

阿旺嘆了口氣。

他並不會對付女人，也不會打女人，尤其是波波這種女人。

波波已開始問：「你當然不是一直都在這下面的，上面的事，你當然也知道一點。」

阿旺只有承認。

波波咬著嘴唇，試探著問道：「你在上面的時候，有沒有聽人說起羅烈這名字？」

阿旺居然一點也沒有遲疑，就立刻點點頭：「我聽過。」

他顯然還弄不清黑豹、羅烈和波波這三個人之間的關係。

波波的眼睛立刻發出了光。

「你幾時聽見的？」

「今天早上。」

「你聽見別人在說他什麼？」波波的心，跳得更快了。

阿旺道：「我聽說今天中午有個很重要的客人要來，他好像就姓羅，叫羅烈。」

他顯然也弄不清黑豹爲什麼要請這客人來的，紅旗老么被抬回來的時候，他已下來了。

「今天羅烈要來？」波波的心卻已沉了下去。

阿旺又點點頭：「聽說是來吃中飯的。」

波波握緊了手，指甲已刺入肉裡：「是黑豹請他來的？」

「不錯。」阿旺道：「聽說他十二點來，現在已過了十二點，他想必已在樓上。」

波波的背脊在發冷，全身都在發冷。

難道羅烈還不知道黑豹在怎麼樣對待她？難道黑豹已使他相信他們還是朋友？

他們本來就是像兄弟一樣的好朋友。

羅烈還沒有看到真實的證據，當然不會相信黑豹要出賣他，更不會相信一個瞎子的話。

她知道羅烈對黑豹的感情，知道羅烈一向很重視這份感情。

可是她也知道，羅烈只要一走進這屋子，就休想再活著出去。

「你是不是知道他已經來了？」波波勉強控制著自己，不讓聲音發抖。

「好像是的。」阿旺道：「我剛才聽見上面有人說：『客人已到，要準備開飯了。』」

他顯然不知道這是件關係多麼重大的事，所以又補充著道：「而且上面的人好像都很忙，本來應該下來換班的人，到現在還沒有來。」

上面的人當然很忙，黑豹想必已集中了所有的人，準備對付羅烈。

波波咬了咬牙，忽然用力撕開了自己的衣襟，露出了雪白結實的乳房。

阿旺又吃了一驚。

他從來也沒有看過如此美麗的乳房，可是他不敢多看。

黑豹的女人，非但沒有人敢動，連看都沒有人敢多看一眼的。

「你……你這是什麼意思？」阿旺扭過頭，聲音在發抖。

波波冷笑道：「我正想問你，你這是什麼意思，你為什麼要撕開我的衣裳？」

「我？是我撕開了你的衣裳？」阿旺更吃驚。

「當然是你。」波波冷笑著：「難道我還會自己撕開自己的衣裳，讓你看我？」

阿旺怔住。

這種事幾乎連他自己都無法相信，別人當然更不會相信他的話。

波波又道：「我現在若是將別人叫來，你想結果會怎麼樣？」

阿旺連想都不敢想：「我……我跟你無冤無仇，你為什麼要害我？」

他的臉上幾乎已沒有血色，聲音抖得更厲害。

波波板著臉，冷冷道：「我不但要害你，而且要害死你。」

「為什麼？」

「不為什麼，也許只因為我喜歡害人。」波波眼珠子轉了轉，聲音又變得很柔和：「可是你假如肯幫我一個忙，我就饒了你。」

「你問我的話，我已全都告訴你了。」阿旺苦著臉道：「你還想要我幹什麼？」

「要你幫我逃出去。」

阿旺好像突然被人抽了一鞭，整個人都跳了起來：「你要我幫你逃出去？你……你……你一定是瘋了。」

「我沒有瘋，我清醒得很。」

阿旺道：「那麼你就應該知道，沒有人能從這裡逃出去的。」

「以前也許沒有人能逃得出去，但今天卻不同。」波波說。

「有什麼不同？」

「今天上面的人都在忙著招呼客人，連應該來換班的人都沒有來。」

阿旺已急得滿頭冷汗：「絕對不行。」

「絕對不行？」波波又在冷笑：「難道你想死？」

阿旺不想死，他還年輕。

波波冷笑道：「你也該知道，現在只要我一叫，你就只有死路一條，無論你怎麼分辯，黑豹都不會饒了你的，他是個怎麼樣的人，你也應該知道。」

阿旺當然知道。

現在黑豹要殺一個人，就好像殺一條狗一樣，根本用不著什麼很好的理由。

阿旺用手背擦著汗：「就算我想要放你走，你也走不了。」

「是不是因爲這裡還有別人在看守？」

阿旺點點頭。

「除了你之外，還有多少人？」波波又問。

平時看守的人並不多，因爲這裡根本用不著太多人看守。

「除了我之外，還有兩個。」阿旺道：「可是其中有一個叫老鐵的，是個殺人不眨眼的角色，我根本不是他的對手。」

波波道：「假如我有法子對付他呢？」

阿旺還是在搖頭：「就算你有法子對付他，就算你能走出這個地方，也沒有用。」

「爲什麼？」

「因爲這地窖的出口，就在客廳旁邊，我們一走出去，立刻就有人會發現的。」阿旺苦笑道：「所以就算我幫了你這個忙，我也還是只有死路一條。」

「黑豹和那姓羅的客人，現在都在客廳裡？」

「有客人來的時候，飯一向都是開在客廳裡的。」阿旺老實回答，他也還沒有真正摸清波波的意思。

波波忽然笑了笑，道：「難道你以爲我是真的想逃出去？」

「你不是？」阿旺更不懂了。

波波說道：「我只不過想上去找黑豹，告訴他，我已經立下決心不跟他鬥了，決心要好好的跟著他。」

「你爲什麼不等他下來呢？」

「他現在還在氣頭上，說不定不肯下來，可是只要我一看見他，再跟他說幾句軟話……」

波波嫣然一笑：「你應該知道他還是喜歡我的，否則就不會特地要你送那幾樣我喜歡吃的菜來了。」

這一注她沒有押錯。

看阿旺的表情，波波就知道那些菜果然是黑豹特地關照人送來的。

她心裡突然又湧起了種說不出的滋味，可是她不願再想下去。

「所以只要我能見到他，就沒有事了，你非但不會死，而且一定還有好處。」

阿旺遲疑著，顯然已有點動心。

他並不是個很有理智的人，也並不會作正確的判斷，事實上，他根本就沒什麼頭腦。

有頭腦的人，又怎麼會在這暗無天日的地窖裡，做送飯的工友？

波波一步也不肯放鬆：「你幫了我的忙，我當然也會幫你的忙，黑豹既然喜歡我，我在他面前說的話當然會有效。」

她微笑著，道：「所以只要我能上去，你也就有機會『竄上』了，你是個很聰明的人，當然想得通這道理。」

越笨的人，越喜歡別人說他聰明，這道理也是顛撲不破的。

阿旺眼睛裡果然發出了光，卻還在遲疑著：「可是老鐵……」

波波突然大叫：「救命呀，救命……」

阿旺臉色又變了。

幸好波波又壓低聲音解釋：「他們一來，我們兩個人一起對付。」

這句話說完，她的人就倒了下去。

她的人一倒下，門就開了。

一陣腳步聲響過，外面果然有兩個人衝了進去，一個人身材又矮又壯，顯然就是老鐵。

他看了看倒在地上的波波，厲聲道：「這是怎麼回事？」

話是問阿旺的，但他的眼睛，卻還是盯在波波的乳房上。

很少有人看見過如此美麗的乳房。

阿旺的臉色發青，吃吃道：「她……她好像突然病了。」

老鐵冷笑，道：「是她病了，還是你病了？」

「我……我沒有病。」

老鐵道：「你若沒有病，怎麼敢打她的主意？你知道她是什麼人？」

他果然以爲阿旺對波波非禮。

站在門口的一個痲子，眼睛也盯著波波的胸膛，冷笑道：「看不出這小子長得雖老實，膽子卻不小。」

老鐵道：「你先帶他出去看住他，我問問這究竟是怎麼回事。」

波波還在暈迷著，留在這裡面的人，多少總有點便宜佔的。

波波的胸膛，現在就像是個完全不設防的城市，要佔領這城市並不困難。

麻子雖然不願意，但老鐵顯然是他們的老大，他不願意也不行。

他只有將一肚子氣出在阿旺身上，走過去伸手就給了阿旺個大耳光。

「我看你真是活得不耐煩了，還不跟我走？」

阿旺垂著頭，走出去。

他也有一肚子氣，可是他還不敢動手。

等他們走出去，老鐵的眼睛裡已像是要冒出火來，俯下身，伸出了手。

波波動也不動，就讓他的手伸過來，握住了她的乳房。

無論誰都難免偶爾被狗咬一口的。

老鐵整個人都軟了，但兩腿間卻有個地方，起了種明顯的變化。

波波突然用出全身力氣，飛起一腳，向他這地方踢了過去。

老鐵一聲慘呼，整個人立刻蝦米般彎了下去，用手捧住那地方。

波波已跳起來，按住他的頭，用膝蓋撞上去。

這次老鐵連慘呼都沒有發出來，他暈過去時，臉上就像是倒翻了瓶番茄醬。

第一聲慘呼時，麻子剛押著阿旺走到通道盡頭。

聽見這聲慘呼，他立刻轉身奔回。

但這時阿旺已從靴筒裡抽出柄匕首，一下子從他脊椎旁的後心上刺了進去。

阿旺雖然並不是兇狠的人，但畢竟已在這圈子裡混了兩年。

要怎麼樣用刀，他早已學會。

何況他對這麻子懷恨已不止一天，有一天他睡著的時候，忽然發現這麻子竟在解他的褲帶。

他本就是個不難看的小伙子，男人本就不一定喜歡女人的。

麻子倒下去時，波波已奔出來。

阿旺拔出了刀，看見刀上血，手才開始發抖。

波波知道現在他正是最需要鼓勵的時候，立刻趕過去握住他的手：「想不到你是這麼勇敢的人，我一定永遠忘不了你的。」

阿旺果然笑了，笑得雖勉強，卻總是在笑：「我也想不到你真能對付老鐵。」

波波嫣然道：「你若以爲我是個弱不禁風的女人，你就錯了，我也有兩下子的。」

她對自己的身手，忽然又有了信心，覺得自己多多少少總可以幫羅烈一臂之力。

她拉緊了阿旺的手：「我們快上去。」

阿旺點點頭，眼睛忍不住往她胸膛上看了兩眼：「你的衣服……」

波波嫣然道：「你替我拉起來好不好？」

阿旺的臉又紅了，正顫抖著伸出手，想去替她拉上衣服。

就在這時，突然有寒光一閃。

一柄斧頭從後面飛過來，正好劈在阿旺的頭頂上。

鮮血飛濺而出，紅得可怕。

阿旺連一聲慘呼都沒有發出來，就已倒下，倒在波波腳下。

波波的臉色也發青，抬起頭，就看見一個長著滿臉大鬍子的人，正慢慢的走過來，手裡還握住柄斧頭……

十四 扭轉

十二點四十五分。

一個斯斯文文，眉清目秀的侍役，用一雙很漂亮的手，在替羅烈斟酒。

他的手已從羅烈肩後伸過來，是用兩隻手捧住酒壺的。

黑豹雖然沒有看他，卻知道只要這兩隻手一分開，就會有條鋼絲絞索勒上羅烈的咽喉。

他看過秦松被絞殺時的樣子。

他相信陳靜絕不會失手。

誰知道這時羅烈卻突然站起來，從褲袋裡拿出塊手帕，擦了擦嘴。

然後他又坐下。

但這時機會已錯過，酒已斟滿，陳靜的手只好收了回去。

他臉上並沒有露出一絲失望之色。

他知道以後一定還會有機會，一杯酒很快就要喝完的。

黑豹也知道，他已準備只要酒一斟滿，他就立刻要羅烈乾杯。

這時陳靜已走到他身後，在替他斟酒。

黑豹看到這雙很漂亮的手從自己肩後伸出來，心中忽然有了種很奇怪的想法……

就在這時，陳靜的手已分開，手裡的酒壺「噹」的掉在桌上。

他手裡已赫然多了條鋼絲絞索，用一種無法想像的速度，往黑豹的脖子上勒了過來。

無論誰也想不到這一個變化，但陳靜自己卻也沒有想到一件事。

他想不到自己也有失手的時候。

黑豹的反應，更快得令人無法想像。

他突然低下頭，張開口，用牙齒咬住了那條鋼絲絞索。

他的手又向後撞去，一個肘拳，打在陳靜的小腹上。

陳靜立刻疼得彎下了腰，「砰」的頭撞著了桌子。

黑豹的另一隻手，已閃電般劈下，劈在他左頸後的大動脈上。

陳靜倒下去時，整個人都已軟得像是個被倒空了的痲袋。

大藏靜靜的看著，臉上連一點表情都沒有。

羅烈也在靜靜的看著，臉上也連一點表情都沒有。

這變化他竟似並不覺得意外。

黑豹抬起了頭，看著他們，臉上居然也完全沒有表情。

三個人就這樣靜靜的對面坐著，對著看，誰也沒有動，誰也沒有開口。

客廳裡忽然變得靜寂如墳墓。

也不知過了多久，黑豹忽然自己倒了杯酒，向大藏舉杯：「我敬你。」

大藏也舉起了酒杯，道：「乾杯？」

「當然乾杯！」

「爲什麼乾杯？」

「爲你！」黑豹一飲而盡：「我佩服你。」

大藏笑了笑：「我也佩服你。」

「哦？」

「我想不到陳靜會失手的。」大藏微笑著：「我對他一向很有信心。」

「我也想不到你敢冒這種險。」

「哦？」

「你自己也說過，無論誰要殺人，都不可能有百分之百的把握。」

大藏承認：「我說過。」

「你敢冒這種險，當然有原因。」

大藏也承認。

黑豹突然轉過頭，盯著羅烈：「原因就是你？」

羅烈笑了笑。

黑豹冷冷地道：「若不是有你在後面撐腰，他絕不敢冒這種險的。因爲他也知道，只要陳靜一失手，他們兩個都非死不可。」

羅烈並不想否認，也不想開口。

黑豹盯著他，忽然問：「你們兩個人，是什麼時候認得的？」

「就在他回來的第二天。」回答的不是羅烈，是大藏。

「是他去找你的？」

大藏搖搖頭：「他當然不會來找我，是我特地去拜訪他的。」

「你怎麼知道他回來了？怎麼會知道有他這麼一個人？」

「我們組織『喜鵲』之前，我已到你的家鄉去打聽過你的底細。」大藏淡淡的笑著：「我一向是個很謹慎的人。」

石頭鄉裡的人，當然都知道羅烈和黑豹的關係。

大藏又道：「所以我早就知道他是個什麼樣的人，只不過一直問不出他的行蹤而已。」

「這次你怎麼知道的？」

「陳瞎子。」大藏道：「你本不該忽視陳瞎子這個人的，你本不該忽視任何人的，無論什麼樣的人，都有他本身的價値。」

黑豹冷笑。

這是句很有哲學思想的話，這種思想他還不能完全接受。

對於人的價値，他也不能完全瞭解。

他已在不知不覺間受了金二爺的影響，他將大多數人都當做了他的工具。

羅烈道：「所以你也不該忽略梅子夫人的。」

黑豹終於動容：「你見過她？她沒有死？」

「她沒有死。」羅烈道：「高登雖然是個殺人的槍手，但卻絕不會殺一個完全沒有反抗之力的女人。」

羅烈的眼睛，竟似帶著種惋惜之色，看著黑豹，又接著道：「你不該低估高登的，也不該低估了梅子夫人。」

黑豹咬著牙：「難道也是她去找你的？」

「是她去找我的，她告訴了我很多事。」羅烈嘆息著：「因爲她對高登很感激，卻無法報答，所以才將這份感激報答在我身上。」

黑豹的臉色發青：「說下去。」

「我並不是個越獄的逃犯，是她保我出來的。」羅烈正說下去：「到了漢堡後，她很快就籌足了一筆錢，漢堡本就是個女人最容易賺錢的地方，尤其是懂得用手段的美麗女人，她的年紀雖然大了些，但卻還是個很美的女人。」

黑豹冷笑：「她是個婊子，老婊子。」

「幸好這世界上偏偏有很多男人，都看不出女人的眞實年紀，尤其是從異國來的女人。」

這的確是件很奇怪的事。

就在這大都市裡，也有很多外國小伙子，找的卻偏偏是些年紀已可做他媽的女人。

何況梅子夫人一向很懂得修飾，風度也一向很高貴，漢堡又恰巧有很多腰纏萬貫的暴發戶。

暴發戶最喜歡找的，就是高貴的女人，比他們自己高貴的女人。

因爲高貴的女人，可以使他們覺得自己也高貴了些，就正如小姑娘可以使老頭子覺得自己年輕一樣。

「她保出了我，就叫我趕快到這裡來，因爲她已看出你是絕不會放高登回去的。」

女人總有種神秘的第六感，總可以看出很多男人看不出的事。

黑豹握緊了雙拳，直到現在，他才發覺自己的確疏忽了很多事。

「我本該親手殺了那婊子的。」

「我來的時候，高登已死了。」羅烈黯然道：「我知道他一定是死在你手裡的，他絕不是個會跳樓自殺的人。」

「你很瞭解他？」

「我瞭解他，就好像瞭解你一樣。」羅烈看著黑豹：「可是，我想不到你竟變了，而且變得這麼多、這麼快、這麼可怕。」

大藏忽然也嘆了口氣，說道：「這大都市就像是個大染缸，無論誰跳進這大染缸裡來，都會改變的。」

他凝視著黑豹，又道：「可是他說的不錯，你實在變得太多、太可怕了。」

黑豹冷笑，他只有冷笑。

「就因為我覺得金二爺的做法太可怕，所以才幫你除去了他。」大藏嘆息道：「可是現在我忽然發現，你已變成了第二個金二爺。」

「所以你就想幫他除去我？」

「這不能怪我。」大藏淡淡道：「你自己也知道，你總有一天會要除去我的，因為我知道的秘密太多。」

「就因為你已準備對我下手，所以才先想法子殺了秦松？」

大藏點點頭，道：「因為我知道秦松一直對你很忠實，如果殺了他，就等於毀了你自己一隻左手一樣。」

黑豹的額上，已凸出了青筋。

他現在才發現自己的錯誤，只可惜已太遲了。

發現得太遲的錯誤，往往就是致命的錯誤。

「你不該殺秦松，卻殺了他，你本該殺了金二爺的，但你卻讓他活著。」大藏似也在惋惜。

「你總該知道，金二爺對人也有很多好處的，等大家發現你並不比金二爺好時，就會有人漸漸開始懷念他了。」

這當然也是個致命的錯誤，但黑豹本來並不想犯這個錯誤的。

「我也知道你爲什麼不殺他。」大藏忽然道：「你是爲了波波。」

波波！

提起了這名字，羅烈和黑豹兩個人的心都在刺痛。

「無論如何，她總是金二爺的女兒，你若在她面前殺了金二爺，她才會真正的恨你一輩子。」大藏悠然道：「看來你並不想要她恨你。」

黑豹額上的青筋在跳動，忽然大聲道：「她也是個婊子，可是我喜歡這婊子，爲了她，我什麼事都願意做，我不像你，你才真正是條冷血的禿狗！」

大藏靜靜的聽著，臉上一點表情也沒有，黑豹罵的就好像根本不是他。

羅烈的臉卻已鐵青，額上也已因憤怒而爆出了青筋：「你喜歡她？你明明知道她是我的未婚妻，你卻是我的朋友！」

黑豹怒吼著道：「我就喜歡她，無論你是她的什麼人，我還是喜歡她！你若真的對她好，爲什麼不帶她一起走？你以爲那才是對她好？你知不知道寂寞是什麼味道？」

羅烈的聲音已嘶啞：「你喜歡她？她是不是也喜歡你？」

黑豹全身突然發抖，突然站起來，瞪著羅烈，眼睛裡似已噴出了火。

野獸般的怒火。

羅烈也慢慢的站起來，瞪著他。

他們竟完全沒有注意到客廳的樓梯下，已走出了兩個人。

一個滿臉鬍子的大漢，帶著個衣衫不整、蒼白憔悴，卻仍然美麗的女孩子。

波波。

她全身也在不停的發著抖，抖得就像是片秋風中的葉子。

黑豹剛才說的話，她全都已聽見。

「我喜歡她……而且無論什麼事情我都願意爲她去做……」

他說的是真話？

爲什麼他從不肯在她面前說真話？

「你喜歡她？她是不是也喜歡你？」

她知道黑豹無法回答這一句話，連她自己都無法回答。

看到他們站起來，像野獸互相對峙時，她的心已碎了。

這兩個男人，都是她生命中最重要的男人，都是她永遠也忘不了的男人。

他們本是朋友，但現在卻彷彿恨不得能將對方一口吞下。

這是爲了什麼？

波波當然知道這是爲了什麼。

她本想衝出去，可是她的腳已無法移動，甚至連聲音都發不出，只能站在那裡，無聲的乾流著淚水。
她本該衝過去，衝到羅烈懷裡，向他訴說這些年的相思和痛苦。
但現在她心卻忽然起了種說不出的矛盾。
一種她自己永遠也無法瞭解，永遠也無法解釋的矛盾。
這是不是因爲她已對黑豹有了種無法解釋的感情？還是因爲羅烈已變了？
羅烈也已不是她以前深愛著的那個淳樸忠厚正直的少年，也似已變成了個陌生人。
她本來以爲黑豹才是強者，本來以爲羅烈已被他踏在腳下。
情況若真是這麼樣的話，她一定會不顧一切，去救羅烈——人，本來就是同情弱者的，尤其是女人，尤其是波波這種女人。
但現在她忽然發現，被踏在腳下的並不是羅烈，而是黑豹。
黑豹的眼睛像是一團火似的，羅烈的眼睛卻冷酷如刀鋒。
他盯著黑豹，忽然一伸手，手裡已多了柄槍：「我本該一槍殺了你的，可是我不願這樣做。」
黑豹冷笑。
「這麼樣做太簡單、太容易，我們的事，不是這麼容易就能解決的。」羅烈也在冷笑，突然將手裡的槍遠遠拋出去。

黑豹的瞳孔在收縮，整個人都似已收縮。

羅烈冷笑道：「你一直以爲你可以打倒我，現在爲什麼不過來試試？」

他的冷靜也正如刀鋒。

他正在不斷的給黑豹壓力：「但你最好不要希望你的手下會來幫你，能幫你的人，都已死了，沒有死的人，都已看出了你的真正價值。」

客廳外的一群人，果然全都靜靜的站著，就好像一群來看戲的人，冷冷的看著戲台上的兩個角色在廝殺，無論誰勝誰負，他們都漠不關心。

「你不能怪他們，因爲他們和你本就沒有感情，你在利用他們，他們也一樣在利用你。」羅烈施的壓力更加重：「你現在已完全沒有一個親人，一個朋友，你現在就像是被你打倒的金二爺一樣，已變成了一條眾叛親離，無家可歸的野狗。」

他知道自己並沒有擊倒黑豹的把握，可是他一定要擊倒黑豹。所以他必須不斷的壓榨，將黑豹所有的勇氣和信心都榨出來。

他早已學會了這種法子。

波波忽然發現羅烈真的變了。

每個人都會變的。

唯一永恆不變的，只有時間，因爲時間最無情。

在這無情的時間推移中，每個人都會不知不覺的慢慢改變。

連樹木山石，大地海洋都會因時間而改變，連滄海都會變成桑田，又何況人？

波波忽然發現羅烈竟也變得和黑豹同樣殘酷，同樣可怕。

他對黑豹用的這種法子，豈非也正是黑豹對別人用的法子？

但黑豹畢竟是堅強的，他並沒有被榨乾，並沒有崩潰。

至少別人還看不出他已在漸漸崩潰。

他不能等著自己崩潰，他此刻已必須出手。

但羅烈實在太冷靜，就像是一塊岩石，一座山，完全沒有任何可以攻擊的弱點。

大藏已悄悄的退開了。

他臉上還帶著微笑，眼睛裡充滿了信心。

難道他已算準了羅烈必勝？

黑豹突然覺得一股無法抑制的怒火衝上來，他的人已躍起，越過了桌面，撲過去，看來就像是一條憤怒的美洲豹。

他的腳已飛起，踢向羅烈的咽喉。反手道！

這一腳本應該是虛招，他真正的殺著本該在手上。

但羅烈並不這麼樣想。

他知道黑豹絕不會用這種手法來對付他的，因爲這種手法他遠比黑豹更熟悉。

他退後，翻身，揮手猛砍黑豹的足踝。

黑豹怒吼，凌空一跳，左腳落地，右腳踢出。

羅烈再退，再揮手，但黑豹整個人已經凌空撲了下來。

他並沒有用出奇詭的招式來，因爲他也知道無論多奇詭的招式，都不能對付羅烈。

他用的是他那種野獸般的力量。

一種任何人都無法思想，無法思議的力量。

羅烈忽然發現自己錯了，他本不該讓黑豹太憤怒的，他發覺這種憤怒的火燄，已將黑豹身上每一分潛力都燃燒了起來。

就像是大地中突然噴出了石油，石油突然被燃燒，這種力量，是任何人都無法控制的。

羅烈心中突然起了種恐懼。

恐懼有時雖然能令人變得更堅強敏銳，但無論誰在恐懼中，都難免會判斷錯誤。

羅烈已判斷錯誤。

黑豹的右手橫掃，猛劈他的左頸，他側身閃避，出拳打向黑豹右肋下的空門。

誰知黑豹這一著根本沒有發出，招式已改變，左拳已痛擊在他小腹上。

反手道！黑豹又用出了反手道！

這本是羅烈自己創出的手法，但是他的判斷卻有了致命的錯誤。

他認爲黑豹絕不會使出這一著，卻忘了一個人在憤怒時，就會變得不顧一切的。鋼鐵般的拳頭，已打在小腹上。

羅烈立刻疼得彎下腰，黑豹的右拳已跟著擊出，打在他臉上。

他整個人都被打得飛了出去，仰面跌倒。黑豹已衝上去，一腳踢出。

這已是致命的一腳。但就在這時，他突然聽見了一聲驚呼：「你不能殺他！」

這是波波的聲音。無論在什麼時候，他都聽得出波波的聲音。

他的動作突然僵硬，整個人都似已僵硬。他也知道這是自己的生死關頭，他本不想聽波波的話，可是他的感情卻已無法被他自己控制。

那是種多麼深邃，多麼可怕的情感。

就在這一瞬間，羅烈已有了反擊的機會。他突然出手，托住了黑豹的足踝一擰。

黑豹的人立刻跟著擰轉，就像是個布袋般，被重重的摔在地上。

波波已衝出來，無論如何，羅烈畢竟是她思念已久的人，畢竟是她的未婚夫。

他們畢竟有過一段真情，她絕不能眼看著羅烈死在黑豹手裡。

可是她衝出來時，黑豹已被擊倒！已因她而被擊倒！

她的人也立刻僵硬，僵硬得連動都不能動。

這時黑豹已掙扎著翻身，可是他的人還沒有躍起，羅烈的拳頭已打在他鼻樑上。

他眼前一陣黑暗，接著就聽見自己肋骨被打斷的聲音。他知道自己完了。

但他還是忍不住去看了波波一眼，就在他倒下之前，還看了波波一眼。
他的眼睛裡竟沒有仇恨，也沒有怨尤。
他的眼睛只有一種任何人也無法解釋，無法瞭解的情感。
也許別人看不出，但波波卻看得出。

黑豹已軟癱在地上。他掙扎著，起來了五次。五次都又被擊倒。
現在他的人也已像是個空麻袋。
大藏長長吐出口氣，知道這一戰已結束，這一戰的勝利者又是他。
他永遠都不會失敗的。因爲他用的是頭腦，不是拳頭。
羅烈已喘息著，奔向波波，摟住了波波的肩：「我知道你受了苦，可是現在所有的苦難都已過去了……完全過去了。」
波波也知道，也相信。可是她的眼淚反而流得更多。
這是不是歡喜的眼淚？她的仇人已被擊倒，已永遠無法站起來了。
但黑豹真的是她仇人？她是不是真的那麼仇恨他？是不是真的要他死？
那滿臉鬍子的大漢已走過去，手裡還是緊握著那柄斧頭。
大藏向他揮了揮手，指了指地上的黑豹。他知道羅烈絕不會在波波面前殺黑豹的，他必須替羅烈來做這件事。這滿臉鬍子的大漢，本是金二爺的打手，卻也早已被他收買了。

他不但善於利用頭腦，也同樣善於利用金錢。

這兩件事加在一起，就結合成一種誰也無法抗拒的力量。

滿臉鬍子的大漢點點頭。他當然明白大藏的意思，他手裡的斧頭已揚起。

他沒有看見波波突然衝了出去，誰也沒有想到她會突然衝出去，撲在黑豹身上。

就在這同一秒鐘之間，利斧已飛出！

寒光一閃！利斧深深的砍入了波波的後心——這當然也是致命的一斧。

波波竟咬著牙，沒有叫出來。

她只是用盡了全身的力量，緊緊的抱住了黑豹，就像是已下定決心，永遠再也不鬆手。

可是她的手已漸漸發冷。她努力想睜大眼睛，看著黑豹，想多看黑豹幾眼。

可是她的眼瞼已漸漸沉重，漸漸張不開來：「我害了你……可是我……」

這句話她沒有說完，可是也已用不著說完了。每個人都已明白她的意思。

「你喜歡她，她是不是也喜歡你？」這句話也已不需回答。

波波已用她自己的生命，回答了這句話：「我愛你！」

這句話也不知有多少人說過，也不知被說了多少次，但卻絕沒有任何人能比她用這種方式說得更真實。天上地下，千千萬萬年，都絕不會有人比她說得更真實。

黑豹緊緊的咬著牙，一個字都沒有說。

他只是用盡了全身力氣，將波波抱了起來，掙扎著走出去，他已不願再留在這裡。

那滿臉鬍子的大漢，想過去攔住他。羅烈卻突然道：「讓他們走！」

他的臉也已因痛苦而扭曲，一種除了他自己之外，誰也無法瞭解的痛苦。

也許連他自己都無法瞭解，這究竟是傷心？是嫉妒？是失望？還是一種人類亙古以來，就永遠也不能消除的空虛和寂寞？

鬍子大漢看了大藏一眼，像是在問：「是不是讓他們走？」大藏也點點頭。

他知道現在已沒有留住黑豹的必要，因爲黑豹的心已死了。

一個心已死的人，絕不可能再做出任何威脅他的事。

這種人根本已不值得他重視。所以黑豹走了出去，抱著波波走了出去。

門外陽光燦爛，大地如此輝煌，生命也畢竟還是可愛的。可是他們的生命，卻已結束。

大藏是不是會捧羅烈代替他的位置？大藏當然不會坐上第一把交椅的，因爲他知道那是個很危險的地方。他永遠都在幕後，所以他才是真正的勝利者。

羅烈將來是不是也會落得和黑豹、金二爺一樣的結果？

這件事黑豹根本就沒有去想，也不再關心；他關心的只有一件事，一個人。他懷抱中的人。

波波忽然輕輕呻吟了一聲，說出了最後一句話：「扶起我的頭來，我不要低著頭死！」

她活著不肯低頭，死也不肯低頭。

黑豹扶起了她的頭，讓她面向著陽光。陽光如此燦爛，大地如此輝煌，可是他們……

黑豹本也絕不肯低頭，絕不肯流淚的，可是現在，他的眼淚已一滴滴落在波波蒼白的臉上。

全書完

絕不低頭（全）

作者：古龍
發行人：陳曉林
出版所：風雲時代出版股份有限公司
地址：10576台北市民生東路五段178號7樓之3
電話：(02) 2756-0949　　傳真：(02) 2765-3799
封面原圖：明人出警圖（原圖為國立故宮博物館典藏）
封面影像處理：風雲編輯小組
執行主編：劉宇青
業務總監：張瑋鳳
出版日期：古龍珍藏限量紀念版2025年6月
ISBN：978-626-7510-33-9

風雲書網：http://www.eastbooks.com.tw
官方部落格：http://eastbooks.pixnet.net/blog
Facebook：http://www.facebook.com/h7560949
E-mail：h7560949@ms15.hinet.net
劃撥帳號：12043291
戶名：風雲時代出版股份有限公司

風雲發行所：33373桃園市龜山區公西村2鄰復興街304巷96號
電話：(03) 318-1378　　傳真：(03) 318-1378
法律顧問：永然法律事務所 李永然律師
　　　　　北辰著作權事務所 蕭雄淋律師

行政院新聞局局版台業字第3595號 營利事業統一編號22759935

定價：340元　

國家圖書館出版品預行編目資料

絕不低頭／古龍 著.　-- 三版.--
臺北市：風雲時代出版股份有限公司, 2025.06
面；公分.（另類俠情系列）古龍珍藏限量紀念版

ISBN 978-626-7510-33-9（平裝）

857.9　　113016823